ブッツァーティ短篇集 Ⅲ

怪物

ディーノ・ブッツァーティ

長野 徹 訳

東宣出版

ブッツァーティ短篇集Ⅲ　怪物

もったいぶった男

L'uomo che si dava arie

アントニオ・デロス医師の腰の低さは、大いなる太陽とともに乾季が低地を支配していたその年の終わり頃から影をひそめていった。デロスは病院で働く新任の医師で、二月の終わりに試用期間が終わることになっていた。仕事ぶりは真面目で正確。けれども、皆からは軽んじられていた。おそらくそれは、何かにつけて劣等感を感じ、いつもぺこぺこし、誰かが立っているときにはけっして腰を下ろさない、そんな人間特有の控えめな態度のせいだろう。私はその小さな町を通りかかったときに何度か彼を見かけたことがあるが、どんなに努力してももうその顔を思い出せない。

さて、彼の腰の低さは、わずか数日のうちに、みるみる消えていった。一方、その間、頬はますますこけて、やつれていくようだった。痩せぎすで中背の男だった。寄生虫学者のドミニチ教授は、薬剤をいくつか手に入れたくてデロスを呼びつけた。ところが彼は、「時間がありません」との返事をよこした。そう言ったというのだ。教授は耳を疑った。というのも、それまでは、ドミニチ教授がやさしい笑みのひとつでも向けようものなら、デロスはすぐさまうれしさで顔を真っ赤にしたものだったからだ（ドミニチの意見は、デロスが正式に病院で採用されるか否かに大きな影響力を持っていた。それゆえ若者は、ドミニチの好意を得んがために、教授の研究材料である蚊（か）やダニやシラミを持って足しげく彼のもとに通った。だが、たいていの場合、なんの成果もなかった。ドミニチは、それらを当然の貢ぎ物のように受け取ると、巧みなジョークでデロスをからかい、無駄に時間を費やしていることをわからせた。そして虫をちらっと見るなり、ガラス管をひっくり返して床に落とし、足で踏みつぶすのだった）。

返事を受け取ったドミニチは、何か誤解があったのでは、と疑った。もう一度、黒人の召使いにデロスを呼びにいかせた。するとこんどは、メモ用紙を受け取った。紙にはこう書かれていた。「親愛なる教授殿。お求めの薬剤はただいま切れております。お伺いできずに申しわけございません。ですが、私はいろいろと忙しいのです。ごきげんよう」教授は、（誰も見ていないにもかかわらず）無理に笑いを浮かべると、紙を破り捨てた。あの哀れな男は頭がおかしくなったのか？　このおれに、そっけなく「ごきげんよう」だと？　こんど会ったときに詫（わ）びればすむとでも思っているのか。だが、考えてみろ。あの若造の将来はおれが握っているのだ。保健省の役人に、ほんの一言、何気なくぽろりともらすだけでいい。それとも、デロスは具合が悪いのだろうか？　熱でもあるのだろうか？

いや、熱を出したわけではなかった。その日の夕方、断崖（だんがい）がそそり立つ荒涼とした地平線の向こうに太陽が沈みゆこうとしている頃、デロス医師は、カフェ・アンティネアに姿を現した。絹のシャツもネクタイも、何もかも白ずくめという、これまで見たことのないいでたちだった。テーブルに脚を組んで座ると、タバコに火をつけ、（格子窓が閉まっている）正面の家の壁をじっと見つめはじめた。まるで、心の中で自分自身と愉快なことでも話しているかのように。じっさい、疲れた顔には明るい笑みが浮かんでいた。

「デロス君！　どうして私のところに来なかったんだね？」突然、背後で声がした。ドミニチ教授だった。友人二人といっしょだった。

デロスは、立ち上がるそぶりも見せずに、ちらっと顔をそちらに向けた。そして、「お伺いできなかったのです、教授。仕方なかったのです」とだけ答えた。それから、さきほどまで彼を魅了していた正面の壁をふたたびじっと見つめはじめた。

「いったい、どういうつもりかね、デロス君？」教授は険しい口調で言い返した。「呆れた物言いじゃないか。わかっているのかね？　ええ、どうなんだ？」教授の二人の友人たちは、若者がたっぷりお灸をすえられるさまを早くも思い浮かべながら、意地悪な目で眺めていた。

そのときようやく、デロスは立ち上がった。赤く塗られ、「レオパルディ・ビターはいかが？」と書かれたテーブルに片手を突きながら、ゆっくり立ち上がったのだった。それから、冗談として受け流すことを心得た者の、無礼とまでは言えない、あけっぴろげで快活な調子で笑いはじめた。片手で、ポンと教授の肩をたたくと、「いやあ、参りました！」と声を上げた。「もう少しで、あなたが本気でおっしゃっているのかと思いましたよ。まあ、座って、お座りください。食前酒でもいかがです？」

「その……私は……私は……」ドミニチはあっけにとられて口ごもった。そして二人の連れとともに思わず腰を下ろしてしまった。デロスが自分をこんなふうに扱うとは、きっと何かがあったにちがいない。さては、別の仕事に就くことになったのか？　叱りつけてやるべきか？　それとも、とりあえず様子を見るのが賢明だろうか？

教授は何ごともなかったかのような顔をした。「デロス君、私はきみに伝えたかったのですがね」ドミニチは、いつもなら効果覿面の、彼お得意の取りすました口調になって言った。「二週間後にアッリバドのオアシス集落で脾臓病患者の調査をすることになったので、手を貸してくれるようにと……」

「二週間後には、もう私はいません。正確に言うと、少々遠いところに行っていますので」デロスが彼の言葉をさえぎって言った。

「ここを去るというのかね？」教授は愉快そうに驚いてみせた。「イタリアに帰るのかね？　だから、行ってしまうと？」

若い医者は、悲しげな、そして同時に哀れむような笑みを浮かべた。「ああ、いえ、イタリアではありません！　ただの旅行です。ちょっとばかり長い旅行なのです」そして、ひどく疲れているかのように、右手を額に当てた。

ドミニチはふたたび顔をくもらせた。それでは、帰国や処分や解任ではないのだ。それどころか、おそらく職務上の旅行、正真正銘の任務なのだ。

「政府から依頼された任務なのかね、デロス君？　私は聞いていないが」そのとき教授は、やんわりと叱責（しっせき）するような調子で言った。まるで、友人として真っ先に知る権利があるとでも言うように。

「そう、任務です。任務と言ってもいいでしょう。上のほうで決められたことですから……」デロスはくわしく話そうとはしなかった。

空には大きな雲が二つ浮かんでいて、まだ太陽に照らされていた。一方、地上は、すでに影に覆われていた。雲はごくありふれた形をしていた。だが、下のほうから黒い房飾りのようなものが垂れていて、ところどころ、地面のあたりでほぐれていた。

「私にはどうでもいいことだ」ドミニチはむっとしたように言った。「でも、どの方向だね？　せめてどちらの方角に行くのか教えてくれんかね？」

「私にも、まだ正確にはわかりません」デロスは、ほとんど失礼なくらいに教授の顔をじっと見つめながら言った。「ですが、大体あっちのほうだと思います」

三人は、あっけにとられてデロスを見た。そのとき彼は立ち上がり、家々が視界を遮っていない、道の真ん中あたりまで進み、ゆっくりと北の大地を、砂漠を、果てしのない平原を指さしたのだった。カフェ・アンティネアの電球の弱々しい光を浴びて異様に白く見える姿で、右手を伸ばしたままじっとたたずんでいた。

「なるほど、砂漠での任務かね？」ドミニチは、あさましい根性で、文字どおりデロスの足元を這いずりまわるように、しつこくたずねた。「いつもの視察のひとつかね？　役所の誰かもいっしょなのかね？」

デロスは頭をふった。「いいえ、ちがいます。きっと、私ひとりで行かなければならないのだと思います」

こう言うと、まるで目に見えない存在が通りにそって走りながら彼にぶつかりでもしたかのように、急にふらつきはじめた。もう少しで地面に倒れそうだったが、体を立て直し、ふたたびテーブルについた。

翌日、ドミニチは政府に探りを入れてみた。だが、デロスの旅については、誰も何も知らなかった。保健省の監督官はこう言った。「あの若者は精神的に参っているんだろう。もう耐えられないんじゃないかな。なにしろ、環境になじめない者は多いからな」耳寄りな情報にドミニチはほくそえんだ。『もうすぐ、あの生意気な若造は思い知ることになるだろう』

彼はそう思った。

だがその間も、デロスの態度はますますふてぶてしく、傲慢と言えるくらいになっていった。自分から挨拶することはほとんどなくなり、誰かが話しかけても聞こえないふりをし、夜は家にこもって、砂漠の旅に使う木箱に荷物を詰め込んでいた。

そしてついに、ひどく暑いある日の午後、ドミニチ教授の前に現れて、別れを告げた。これまで以上に真っ白な服装で、杖にもたれかかっていた。なめくじのように足を引きずっていたが、ドミニチには、ただのポーズにしか思えなかった。

「教授、お別れを言いに参りました」デロスは言った。「命令はまだ届きません。でも、今夜出発することになると思います。夜が明ける少し前、五時三十分頃に」

「私には関心のないことだ」ドミニチは冷ややかに言った。「どうぞ秘密を抱えたまま行きたまえ。よい旅を……」そして、いまではあの旅の話はほら話でしかないと確信しているドミニチは、小馬鹿にしたような笑いを浮かべた。

図表や器具でいっぱいの研究室の中で、短い咳の音がひとつ響いた。それから、アントニオ・デロス医師は、穏やかな声で言った。「教授、どうしてそんなふうに笑うのです？　どうか、おやめください」

医師は踵をめぐらすと、扉に向かった。すっかり杖に頼っていた。わざとそうしているのか、それとも、本当に立っているのが難しいのか。「いまいましいペテン師め！」聞かれるのを気にも留めずに、ドミニチはつぶやいた。

「何かおっしゃいましたか、教授？」デロスは、戸口で立ち止まってたずねた。

「私がきみなら、出発を延ばすがね」相手は答えると、意地悪くこう言った。「きみは具合が悪いにちがいない。きょうは顔が土気色じゃないか。そう、まるで死体のようだ」

「本当にそう思われますか？　あなただったら、出発を延ばしますか？　ああ、あなたは優秀な方だ。たくさんのことをご存じだ」デロスの言葉にはいかなる恨みも感じられなかった。彼は戸口の向こうに消え、頼りなげな足音はまもなく聞こえなくなった。

こうして、夜が始まった。世界の歩みにくらべれば短いものの、現在の状況においては十分に長い闇の時間が。月は出ていなかった。闇を照らすのは、天空に散りばめられた無数の星々のまたたきだけだった。夜は、植民地の小さな町と、周囲の砂漠と、山中の謎めいた墓場の上を静かに過ぎようとしていた（それでも、デロス医師の家の窓には明かりがともっていた）。新しい出来事に立ち会うには、朝の五時を待たねばならなかった。はたして、その時刻になると、デロスの家に近づく足音が聞こえた。住宅地の黄色い街灯の光に照らされて、ドミニチ教授のひょろっとした長身が浮かび上がった。

だが、ひとりではなく、二人の友人を連れていた。大いなる旅に出るのだなどとうそぶいているが、おおかた、人生の憂さを忘れるために、ただ酔いつぶれて、肘掛椅子(ひじかけいす)の上に寝そべっている男をあざ笑ってやろうという腹なのだ。

そんなわけで、寝静まった壁に足音が響くのもおかまいなしに、彼らは家に近づいた。動くものは何ひとつなく、静まり返っていた。野良犬が一匹、扉の前で寝ていた。砂漠を越える遠征には必要なはずの食料や箱や医療品を積んで待機している車やトラックなどは、まったく見当たらなかった。旅の話は馬鹿げた空想でしかないことに、もはや疑いの余地はなかった。結局、デロスは大恥をかくことになるだろう。

道路に面した窓はぜんぶ閉まっていて、明かりも消えていた。一方、反対側には、ひとつだけ明かりがついている窓があった。家のすぐ後ろには森が広がっていて、その方向に進み続ければ、やがては荒涼とした砂漠に行き着いた。そして、砂漠の神秘は、ある意味、岩礁に打ち寄せる波のように、この建物まで押し寄せていた。

明かりがともった窓に気づいたドミニチ教授は、家の裏側に回り込み、つま先立ちで窓の格子をとおしてのぞきこみ、断りもなく家の中をじろじろ眺めた。その驚くべき歩みで遥(はる)か彼方からやってきて、静かに息をひそめ、若い医師の唯一の慰めとなっている夜をも汚しながら。

けれども夜の存在は、ドミニチが気づくにはあまりに控えめな要素だった。彼が見つけたのは、（予想したように）肘掛椅子の上に寝そべっているデロスだった。見たところ、まどろんでいるようだった。そばの壁には、はく製のレイヨウの頭が掛かっていた。けれども、目の部分には、通常はめ込まれているガラスの玉がなかった。そのせいで、眼窩はうつろで陰鬱な感じを与えていた。若い医師は絹のナイトガウンを羽織っていた。頭のまわりで数匹の蚊が舞い飛んでいたが、けっして体にはとまろうとしなかった。それほど、この数時間のあいだに彼の威信は大いに高まっていたのだ。当然のことながら、この奇妙な蚊のふるまいも、デロスを笑い者にできるのを期待してうきうきしているドミニチ教授の目に留まることはなかった。「なんと滑稽な！」酔っぱらっているだけだと確信している教授は、小さな叫び声をあげた。そして、部屋の中に投げ込む小石を拾おうと地面に身をかがめたときだった。連れのひとりが不安げな様子で彼の腕をつかんだ。

家の裏口の扉が開いていた。そして、いったいいつの間に出てきたのかわからないが、ほかならぬデロス医師が外に立っていた。彼は、ここ数日と同じく、白い服を着ていた。けれどもその姿は、目の錯覚のせいなのか、闇の中とはいえ、いつもとはぜんぜん違って見えた。体の輪郭も、燐光のようなもののせいで、まるで煙でできているかのように、正確に見定めることができなかった。

最初ドミニチは、歓迎されざる訪問客に気づいたデロス医師がからかわれるのを避けようとして、こっそり姿をくらまそうとしているのだと思った。なので、夜の聖域のただ中で、遠慮もなく叫びはじめた。「デロス！　デロス！　どこへ逃げるんだ？」けれども、彼の声は、このうえなく惨めに立ち消えた。というのも、若者は呼びかけに振り返るどころか、別人のような傲然とした足取りと堅い決意とともに、森のほうに進んでいったからだ。足を引きずることもなければ、杖も使っていなかった。その体からはいわく言いがたい感情が放たれていて、ドミニチさえも圧倒された。そしてようやく、これこそが、彼が言っていた旅立ちだということを理解した。デロスはもう二度ともどってはこない、乞食か神のように、徒歩で、どこか北のほうに、遥か彼方の地にむかって進んでゆくのだということを。

　蒼白い姿の彼は、棘だらけのアカシアの茂みの中を、我々の知らぬ町を目指してひとり去っていこうとしていた。けれども、良き精霊の一団がそのあとを追いかけた。心優しき随伴者たちは、恭しい言葉と敬称を使って彼にささやいていた。「こちらです、右のほうにお進みください、閣下！　その穴に注意してください！　じつに機敏な身のこなしです、閣下！」ドミニチ教授はと言えば、医師のおぼろな姿が視界から消えるや、警察のような貪欲さで家の中に押し入った。そこで見つけたのは、もちろん、憂いに沈んだレイヨウの頭の下で肘掛椅子に寝そべった、デロス医師の腐りゆく体だった。長旅で主人のお供をするのに、その体はあまりにきゃしゃで、あまりに重かったのだ。

天下無敵

L'invincibile

七月のある昼下がり、高校で物理を教える四十二歳の教師エルネスト・マナリーニは、休暇で妻と二人の娘とともに滞在中のカリーガ渓谷の田舎の別荘で、大発見をした。彼は広い屋根裏部屋を実験室にしていて、そこで毎日一日中、しばしば夜中まで、実験に打ち込んでいた。自分には発明家の才能がある、と彼は無邪気に信じていた。だが、家族はそれをいつもからかいの種にし、はなから信じていない同僚たちからは格好の冷やかしの対象にされていた。

その日はむせ返るほど暑く、妻と娘たちは友人と遊びに出かけて家の中は静かだった。彼は、自分で発明した新たな装置——それは、長年かけていくつも作ってきたものの、何の成果も上げることのなかった装置のひとつだったが——を相手に実験を行っていた。その最中、一階で、爆発音のような大きな音が響きわたった。

腰を抜かしたマナリーニは、とにかく、試していた回路のスイッチを切ると、大急ぎで下に降りた。料理用のガスボンベが爆発したのだろうと考えた。だが、ボンベは無傷だった。台所に立ち込める煙をとおしてそのことはすぐにわかった。

爆発は、長くて幅の狭い作りつけの戸棚で起きていた。マナリーニはそこに、ほとんど使ったことのない猟銃を、弾をこめたまましまっていた。戸棚の扉は粉々に吹き飛び、銃の握り部分がちぎれて転がり、壁の隅も崩れていた。疑う余地はなかった。何か不思議な原因で弾薬が爆発したのだ。

マナリーニは、何秒間か茫然としていた。それから、「やった！　やったぞ！　大成功だ！」と歓声を上げると、木の欠片や漆喰の散らばる床の上で、狂ったように小躍りしはじめた。

それからまもなく帰宅した妻のエヴェリーナは、いまだ異常な興奮にとらわれたまま台所を行ったり来たりしている夫を見つけた。そして、惨状を目にした彼女がガミガミ言い出そうとしたとき、マナリーニは、目をカッと開き、彼女に黙るように合図すると、いわくありげな様子で、娘たちに聞こえない所に妻を引っ張っていった。「よく聞いてくれ、エヴェリーナ」とマナリーニは話しはじめた。「きみにある秘密を打ち明ける。僕ひとりで抱え込むことのできないほどの恐ろしい秘密だ。誰にも話さないと約束する必要はない。僕の話を聞けば、生死に関わる問題だということは言わずともわかるだろうから」「脅かさないでよ、エルネスト」夫の表情と口調に不安になりながら彼女は言った。「怖がらなくてもいい。じつは、僕はものすごい発見をしたんだ。電界を一種の光線に凝縮させる装置だ。で、この光線は、離れた場所にある爆薬を破壊することができる。おそらく発火させることも。でも、これについてはまだ確かなことは言えない。僕はもう十年以上も前から、この研究を続けてきた。きみには何も話さなかったけど。そしてとうとう、神は僕の努力に報いてくださったんだ。いったい、どうしてそんな目で見るんだい、エヴェリーナ？　エヴェリーナ、わからないのか？　今日から僕は、世界の支配者になれるんだ！」

「まあ、それで、これからどうしようっていうの？」彼女はたずねた。こんどは本気で怯えていた。

「そんな目で見ないでくれ」マナリーニが言った。「僕の言うことを信じていないんだな。頭がおかしくなったと思っているんだろう。待ってて、いま証拠を見せてあげるから」マナリーニは上の階にある寝室に駆けていった。そしてすぐに、拳銃の弾を三つ持ってもどってきた。「さあ、嘘だと思うなら、これを庭の奥にあるモミの木の根元に置いて、離れたところから、どうなるか見ててごらん」

エヴェリーナ夫人は夫の言うとおりにした。娘には何も言わずに、芝生を横切ると、弾薬をモミの木の根元に投げた。目を上げると、夫は屋根裏部屋から顔をのぞかせていた。マナリーニは大きく手を振って、離れているようにという合図を送った。そこで妻は、家の中に入ると、一階の窓から外をのぞいて、見守った。『あの人はいい人だけど、ときどき馬鹿なことを考えるから。どうして台所で爆発したのは単に暑さのせいだって考えないのかしら？』と思いながら。

パン、パパン！　乾いた爆発音が三つ続いた。最後の二つはほとんど同時だった。モミの木の下では小さな煙が上がっていた。枯れ枝が一本、ポトンと落ちてきた。とつぜん彼女の胸の中で不安が膨れ上がっていった。心臓の鼓動が激しくなり、懸念が次々と際限なくわき上がり、渦を巻いていった。『これからどうなるの？』妻は、平穏な家庭生活が永遠に終わってしまったという予感とともに自問した。『で、これからどうなるの？　エルネストはどうするつもりなのかしら？　秘密を打ち明けるの？　でも、誰に？　軍隊に？　そんなことをして大丈夫かしら？　秘密が漏れるのを阻止するために、逮捕されてしまうかも。消されてしまうかも！』「ママ、ママ！」客間からパオラの声がした。「何かあったの？　銃声みたいなものが聞こえたけど？」エヴェリーナ夫人は気持ちを落ち着かせると、さりげない口調で答えた。「何でもないわ。ハンターでしょう。このあたりは、日曜日になると、いつも銃声がするのよ……」

「また、マナリーニ先生か？」統合参謀本部の議長は、副官にむかって悪態をついた。「あのはた迷惑な男はいったい何が望みなのだ？　我々は厄介きわまりない問題を抱えているというのに！　もう何度も言ったはずだ。きみが応対して、話をして、追い払いたまえと。なのに、どうしてまた入れたりしたのだ？」

「ですが閣下、ファントン次官の紹介状を持参しているのです。ほら、このとおり」

「ファントン？　誰だ、そのファントンというのは？」

「教育省の次官です」

「戦争の前夜だぞ。ヨーロッパが火の海になろうかという。敵は間近に迫り、国はパニックに陥り、破滅的な状況が差し迫っているときに、マナリーニ先生とやらの個人的な用件にかかずり合わんといかんのか？　おおかた、息子の徴兵免除でも頼みに来たんだろうよ」

「文字どおり国益に関わる最重要の用件だと、言っています。議長閣下に直に、立会人無しでないと話せない、話を聞いてくれるまでは帰らない、一刻も無駄にできない、そう言っています……」

「一刻も無駄にできないだと？」参謀本部の議長は、こぶしで机を叩きながら鼻で笑った。

「通せ。さあ、入れてやれ。わしがすぐに片を付けてやるから！」

マナリーニが入って来た。将軍は書類から目を上げさえしなかった。「で、あなたがマナリーニ先生ですかな？」「はい、閣下」「で、ご用件は？」

マナリーニは咳払いをした。気持ちが高ぶっていた。「閣下、敵の侵攻が迫っている目下の状況において、私は、自分の行動の重大さを十分に自覚したうえで、力をお貸しに参った次第です」

「兵役の志願かね？　志願兵として入隊を希望するというのかね？　それをわざわざ私に言いにきたと？」

マナリーニは二歩前に進み出た。いったい、どこからそんな勇気がわいてきたのだろう？彼はしっかりとした声でしゃべりはじめた。「閣下、私の話をお聞きください！　私は敵を打ち負かす手段をご提供しに参ったのです」

「あなたが？……手段とは？」

「くわしいことをお話しする前に、秘密を絶対に守るということと、私と私の家族の身の安全の保証をどうかお約束ください。そうしていただければ、すぐにでも閣下にある実験をお見せいたします」

「どこで？」

「もちろん、ここではありません。田舎の開けた場所のほうがよいのです。閣下は車の運転ができますか？」

「というと？」

「私は運転できないのです。そして、ほかの者に運転させるわけにはいきません。閣下と私の二人だけ。それが絶対条件です。ほかの誰にも立ち会わせてはなりません。私の命に関わるからです。それに、いまやあなたの命にも、閣下」

高度九千メートルから、澄みきった夜明けの光の中で、高速の偵察飛行小隊は敵を発見した。まっすぐな帯のような道路の上を、見渡すかぎり何キロメートルも、果てしなく続く車列がゆっくりと前進していた。先頭を行くのは、二列に並んだ恐るべき中戦車。そして戦車部隊の上空には、太陽を背にして戦闘機が旋回していた。その数、約三十機。

三機の偵察機の接近は直ちに敵に気づかれた。十機あまりがすばやく防衛陣形から離れ、二つのグループに分かれて、我々を挟み撃ちにするために展開した。

小隊のリーダー機のパイロットのかたわらに座ったマナリーニ先生がボタンを押した。細長いモニターが起動した。そして彼は、回転軸によって動くチューブのような物の先端の握りをつかんで、ゆっくりと水平に動かした。すると、攻撃態勢を取っていた敵の戦闘機が一瞬前までいた場所で、青白い小さな炎がいくつも燃え上がったかと思うと、黒い煙が、はるかかなたの地表にむかってまっすぐに降り注いだ。

その数秒後には、ふたたびいくつもの閃光（せんこう）が空の上で閃（ひらめ）き、引き裂かれて煙を上げる別の戦闘機が燃え木のように落ちていった。空には、そびえ立つ何本もの黒い煙の柱が残っていたが、風がそれを散らしていった。

そのあと、三機の偵察機は、コースを変更することなく、縦一列の隊形を取りながら、戦車部隊にむかって突き進んでいった。

先頭を行く戦車が位置するあたりで小さな閃光がいくつも走り、敵が対空砲火を開始したことがわかった。だが、それとほとんど同時に、各偵察機に備え付けられたマナリーニ装置が一斉に作動した。

それは、見たこともない光景だった。遠くからはまるで、道路に沿って伸びた巨大な導火線の端に火が付き、炎が猛スピードで駆け抜けてゆくかのように見えた。戦車の列に沿って、炎が噴き出し、閃光が走り、花火が炸裂し、まばゆい光がほとばしり、紫色の雲が立ち上り、炎の塊がゆらめき、不気味な細長い大きな雲に変わっていった。それは、燃え上がるガソリンの炎に明々と照らされながら、激しく渦を巻いていた。三つの機甲師団は、あっという間に、一筋の動かない灰に変わり果てていた。

総司令本部の公報第十四号から。

「……北東から飛来した敵の超重爆撃機の三つの編隊、第一編隊約八百五十機、第二編隊約二百機、第三編隊千百機超は、国境を越えるや否や、我が方の特別迎撃装置によって完全に破壊された……」

「イオニオ海では、我が国の海岸に近づかんとしていた、航空母艦二隻、戦艦一隻、補助空母三隻、護衛水雷艇十三隻からなる敵艦隊は、我が軍の対艦兵器によって粉砕された。我が方の病院船が、二千二百名を超える生存者を救出した……」

新聞の見出しから。

さらなる敵七師団全滅

侵略軍の生存部隊、敗走

八千機を超える敵機および無数の核ミサイル、空中で破壊

軍司令官よりマナリーニ氏にメッセージ

敵軍より休戦の申し出

貧しき国の天才がいかにして世界最強の軍隊を敗走させたか

マナリーニ、ローマ市民から大喝采を浴びる

盛大なる戦勝式典　カンピドリオでマナリーニの演説

エルネスト・マナリーニにノーベル平和賞

マナリーニ、国民投票で至高の職に

マナリーニ大統領、第四十四回ミラノ見本市の開会式に出席

エッフェル塔

La Torre Eiffel

私がエッフェル塔の建設に携わっていた頃、それは私の青春時代だった。だが、私は自分が幸せだったことに気づいていなかった。

エッフェル塔の建設は、じつに壮大で、非常に意義のある事業だった。いまのあなた方には理解できない。今日エッフェル塔と呼ばれているものは、その頃とは似ても似つかぬものだ。なによりもその高さ。まるで縮んでしまったかのようだ。私は塔の下を歩き、上を見上げる。だが、そこに私の人生最良の日々をすごした世界を見出すのは容易ではない。観光客たちはエレベーターに乗り、最初の展望台へ、二番目の展望台へと上っていく。歓声を上げ、笑い、写真を撮り、カラーの八ミリフィルムをまわす。残念ながら、彼らは真実を知らない。けっして知ることはないだろう。

ガイドブックには、エッフェル塔は高さ三百メートルで、その上にさらに二十メートルのラジオアンテナがそびえていると書かれている。当時の新聞も、着工前には同じように伝えていた。そして、人々にとっては三百メートルですら途方もないことだった。

三百メートル？　とんでもない！　ヌイイの近くのルンティロン社の建築現場で働いてい

た私は、腕のいい機械工だった。ある晩、帰宅の途中、路上でシルクハットをかぶった四十歳前後の紳士に呼び止められた。「失礼ですが、アンドレ・ルジューヌさんですか？」彼は私にたずねた。「そうですが」私は答えた。「どなた様でしょう？」「私は、技師でギュスターヴ・エッフェルと申します。じつはあなたにある申し出をしたいのです。でも、それにはまず、あるものをお見せしなければなりません。どうぞ、この馬車へ」

技師の馬車に乗り込んだ私は、郊外の草地に建てられた倉庫に連れていかれた。中では、三十人くらいの若者が大きな製図台にむかって黙々と働いていた。誰ひとり、私には目もくれようとしなかった。

技師は、私を部屋の奥に導いた。そこには、塔を描いた高さ二、三メートルの絵が壁に立てかけられていた。「私は、パリのために、フランスのために、世界のために、あなたがご覧になっているこの塔を建てるのです。鉄製の塔を。世界で一番高い塔になるでしょう」

「高さはどれくらいなのです？」私はたずねた。

「公式な計画では高さ三百メートルを予定しています。それが政府と取り決めた数字です。心配させないための。でも、それよりはるかに高いものになるでしょう」

「四百メートルとか？」

「ルジューヌさん、どうか私を信じてください。ただ、いまはお話しすることができないのです。その時まで待ってください。でも、それは驚くべき事業で、参加するのは名誉です。だから、私はあなたを探したのです。あなたが優秀な機械工だと耳にしたものですから。ルンティロン社からいくらもらっていますか？」私は給料の額を伝えた。「もしきみが私のところに来てくれれば、」技師はだしぬけに『きみ』という呼び方に変えて言った。「三倍の給料を出しましょう」私は承諾した。

だが、技師は声をひそめると、こう言った。「ひとつ言い忘れたことがありました、アンドレ君。私はきみに、ぜひとも私たちの一員になってもらいたい。でも、その前に、約束してください」

「怪しげなことでなければよいのですが」私は、彼のいわくありげな口調にいくぶん不安になりながら、ためらいがちに言った。

「秘密です」彼は言った。

「どんな秘密です」

「私たちの仕事に関わることは、誰にも、家族や友人にも話さないと約束できますか？何を、どうやっているかということを誰にも伝えないと。数も、寸法も、データも、数字ももらさないと。握手を交わす前に考えてください。よく考えてください。というのも、いつの日か、この秘密があなたにとって重荷になるかもしれませんから」

仕事の内容が記された契約書があった。そして、そこには、秘密を守る義務が書かれてあった。私はサインした。

作業現場の職工たちは、ぜんぶで何百人、いやおそらくは何千人もいた。私は、彼ら全員と知り合うことはなかったし、顔を合わせることもなかった。というのも、チームを組んで、一日三交代制で途切れなく作業していたからだ。

セメントの土台が出来上がると、私たち機械工は、鋼鉄の梁の組み立てに取りかかった。秘密の誓いのせいだろうか、私たちは初め、仲間うちであまり話をしなかった。あちこちで耳に入ってきた言葉から判断するに、仲間はただ破格の給料に惹かれて契約したようだった。塔が完成することを、誰も、ほとんど誰も信じていなかった。人間の能力を超えた無謀な企てだ、彼らはそう考えていた。

それでも、四本の巨大な脚が地面に打ち込まれると、鉄の骨組みは、見る見るうちに成長していった。囲いの外側では、広大な工事現場の周囲では、頭上高くで、蜘蛛の巣にひっかかってもがいている蟻のように見える私たちを眺めに、昼も夜も大勢の人が集まっていた。

さいわいにも、土台のアーチはしっかりしていた。ほぼ垂直にそびえている四本の背骨はやがて繋がり、次第に細くなっていくひとつの柱を形作った。八か月目には、高さ百メートルに達した。そして職人たちの労をねぎらうために、セーヌ川沿いの、町はずれのレストランで宴が催された。
もう塔の完成を疑う言葉は聞かなくなった。それどころか、ある不思議な興奮が、作業員やチームリーダー、機械工、技師のあいだに浸透していた。まるで、すばらしい出来事の前夜であるかのように。ある朝、十月の初めだったが、気がつくと私たちは霧の中にすっぽり包まれていた。

低い雲がパリの上空で垂れこめているのだろうと思ったが、そうではなかった。周囲の空は晴れ渡っていた。「あの管を見てみろ」私のチームで一番小柄で一番敏捷な男で、私の友人になったクロード・ゴリュメが言った。鉄の骨組みに固定された太いゴムの管から、白っぽい煙が出ていた。塔の各隅にひとつずつ、ぜんぶで四本あった。そこから、濃い蒸気が出ていて、徐々に雲を形作ったのだった。雲は上へも下へも行かず、この大きな綿の傘の中で、私たちは働きつづけた。でも、どうして？　秘密を守るために？

塔の高さが二百メートルに達したとき、建設会社はふたたび宴を開いた。新聞もそのことを記事にした。だが、作業現場のまわりに、もう人々は集まっていなかった。例の奇妙な霧の帽子は、彼らの目から完全に私たちを覆い隠していたのだった。そして新聞は、その巧妙な工夫をほめたたえ、あの濃い蒸気は、作業員たちが空中の構造物から眼下の深淵をのぞき込まなくてもいいようにし、その結果、目が眩むことを予防しているのだと説明していた。

まったく馬鹿げている。何より、私たちはみな、空中での仕事にすっかり慣れているからだ。それに、仮に目が眩んだとしても、事故には至らないだろう。各人、頑丈な革のベルトを着用していて、それは常に、周囲の骨組みに固定したロープと繋がっているからである。

塔は、二百五十メートル、二百八十メートル、三百メートルと伸びていった。いまでは二年近くが過ぎていた。私たちの冒険も終わろうとしているのだろうか？　ある晩、私たちは、塔の基部の巨大なアーチの下に集まった。エッフェル技師は、私たちに話しかけた。われわれの任務は終わった。われわれは、忍耐力と技術力、勇気を証明してみせた。建設会社は特別ボーナスも支給してくれる。家に帰りたい者は帰ってもよい、と。だが、彼は、エッフェル技師は、彼とともに続ける意思がある志願者を募った。何を続けるというのか？　技師は説明しようとはしなかった。ただ、自分を信頼してついて来てくれるなら、それだけの価値はあるものだということしか。

多くの者たちとともに、私は残った。それは、途方もない陰謀のようなものだった。けれども、これまで私たちは誰もが秘密をしっかり守ってきたので、疑いを抱く部外者はいなかった。

こうして、三百メートルの高さで、尖塔（せんとう）を組み立てる準備に取り掛かるどころか、新たな鋼鉄の梁がひとつ、またひとつと、天にむかって積み上げられていった。柱の上に柱が、鉄板の上に鉄板が、桁の上に桁が加えられ、無数のボルトが締めつけられ、ハンマーを打つ音が響き、雲全体が共鳴箱のように振動した。私たちは空の上を飛んでいた。

上昇を続けることによって、ついに私たちは雲の上に突き抜けた。雲はすっかり私たちの足の下にあった。パリの人々は、例の蒸気の遮蔽物のせいで、あいかわらず私たちの姿を見られずにいたが、私たちのほうは、塔のてっぺんの澄み切ったきれいな空気の中でのびのびと動き回っていたのだった。そして風の吹く朝には、かなたに、雪をかぶったアルプスを望むことができた。

いまでは塔はあまりに高くなっていたので、私たち作業員は上り下りするだけで、勤務時間の半分以上を奪われるようになっていた。エレベーターはまだなかった。日に日に、作業に使える時間は短くなっていった。いまに、頂上に到着するやいなや、すぐに下りはじめなければならない日が来るだろう。そうなれば塔は、もうそれ以上一メートルすら、成長できなくなってしまうだろう。

そこで、鉄の梁の上に巣をかけるように、仮小屋を設置することになった。それらは人工の霧に隠されて、町の人々からは見えなかった。私たちは、その小屋で眠り、食べ、夜には、夢と勝利を讃える歌をみんなで大きな声で歌うか、カード遊びをした。下界には、町には、休みの日だけ交代で降りた。

私たちが徐々に驚くべき真実、つまり秘密の理由に気づいたのは、その頃だった。私たちは、いまではもう自分たちを機械工とは考えていなかった。私たちは、開拓者であり、探検家だった。英雄であり、聖者だった。エッフェル塔の建設はけっして終わらないことに徐々に勘付きはじめた。技師があれほど巨大な土台を、どう見ても大きすぎる四本の鉄の脚を設計したわけが、いまになってわかった。建設はけっして終わらない。雲や嵐やガウリサンカール山を越えて、エッフェル塔は永遠に天にむかって伸びつづけるだろう。神が力を与えつづけてくれるかぎり、私たちは、ますます上にむかって、鋼鉄の梁を、ひとつ、またひとつ、ボルトで締めつづけるだろう。そして私たちのあとには、息子たちが仕事を引き継ぐだろう。そしてそのことを、平らなパリの町では誰も知らないし、わびしい世界に生きる人々はけっして理解することはないだろう。

もちろん下では、遅かれ早かれ、人々がしびれを切らすだろう。議会で抗議や質問がなされることだろう。いったいなぜ、あのごりっぱな塔の建設は終わらないのだ、すでに予定された三百メートルに達していて、仕上げの小さなドームの建設も決定されたというのに、と。それでも、私たちは言い訳を見つけるだろう。さらに、議会や官庁に私たちの誰かをうまく送り込んで、事態を収めるだろう。下界の人々はあきらめ、私たちはますます空の高みにむかって、崇高なる亡命を続けるだろう。

下のほうで、白い雲の向こう側から、一斉射撃の音が聞こえてきた。私たちは、かなりの距離を降りていった。霧の中を歩き、もやの底の所で下をのぞいた。望遠鏡で見てみると、憲兵隊、王の護衛隊、警察、監督官庁の役人たち、守備隊、軍の大隊が――ああ、悪魔に肉をそがれて、食われてしまえ！――塔を幾重にも取り囲み、威嚇するように作業場にむかって進んでいた。

彼らは使者を送ってきて、こう伝えた。降伏してすぐに降りてこい、この悪党どもめ。六時間だけ待ってやる。それを過ぎれば攻撃を開始する。おまえたちには、銃と機関銃と軽砲で十分だろう、と。

恥知らずな指導者が私たちを裏切ったのだ。エッフェル技師の息子は――偉大な父親はすでに亡くなり、何年も前に墓に入っていた――真っ青になった。どうして戦うことができただろう？　大切な家族のことを思い、私たちは降伏した。

私たちが空にむかって積み上げていった驚異の建造物は解体され、塔は三百メートルの高さに切り詰められ、その上に、いまもあなた方が目にするみすぼらしい帽子が載せられた。私たちを隠していた雲はもう存在しない。それどころか、あの雲のせいで、セーヌの重罪裁判所で裁判が開かれることになった。できそこないの塔は全身灰色に塗られた。旗飾りが陽射しにはためいている。今日は、落成式の日だ。

堂々とした四頭立ての馬車で、シルクハットにルダンゴト姿の大統領が到着する。軍楽隊のラッパの音が、光を浴びた銃剣のように閃き、特別観覧席は美しい淑女たちで華やいでいる。大統領は護衛騎馬憲兵を閲兵する。バッジや花飾りの売り子たちが動き回っている。太陽、微笑み、幸福感、厳かさ。囲いのこちら側では、貧しい人々の群れの中で、私たちが、年老いて疲れた塔の作業員たちが、途方に暮れて顔を見合わせ、幾筋もの涙が灰色になった髭を伝ってゆく。ああ、青春の日々よ！

テディーボーイズ

Teddy boys

町の外に暮らす若者たちはのぼせ上がっていた。天が定めた、生まれながらの平民の身分に甘んじることができないのだ。のし上がり、貴族になって、おれたちのような人間、つまり高貴な血筋の貴族と対等につき合おうというのだ。あの哀れな連中は、おれたちが深淵によって隔てられていることを理解できないのだ。

やつらは猿真似をしはじめた。いったいどんなペテンを働き、どれだけ散財したのか、おれたちが着ているものにおおよそ近い服を手に入れた。「おおよそ近い」と言ったのは、遠目にはそれらしく見えて、彼らが通るときにわざわざ帽子を取る間抜けもいるからだ。だが間近で見れば、盲人でもないかぎり、連中の田舎者ぶりにすぐに気づくはずだ。滑稽（こっけい）なほどに窮屈か、異様にふくらんだ不格好な胴着、ゆるゆるの靴下にぼろぼろの靴。そして、剣。あの道化者たちときたら、そろいもそろって、騎士のシンボルであり、彼らのように生まれの卑しい者には身に付けることが法律で禁じられている剣を堂々と腰に吊るしているのだ。うわさによれば、農家の庭先で剣術学校を開いて、どこかの傭兵（ようへい）くずれから指南を受けているという。すっかり貴族に成り切るために。

まあ、ここまでは大目に見てやってもいい。ところが、やつらの図々しさはとどまることを知らなかった。夜間、数人で連れだって、悪臭を放つやつらの居住区を出て、貴族が暮らす旧市街イーゾラ・アルタの境界付近をうろつくようになったのだ。境界付近どころか、あからさまに挑発するかのように、侵すべからざる壁を乗り越えておれたちの館が並ぶ街中に侵入する者までいた。残念なことに、夜の平穏と秩序を守るべき大公の巡邏隊は、兵の数も少なく、腰抜けぞろいときている。あの田舎者どもが、えらそうな歩き方でやってくるのを目にすると、こそこそ逃げ出して、通廊や堀の中に身を隠してしまうという体たらくなのだ。

さて、そこで？　そこで、遠い昔からわれらのものである土地の威厳を守るべく、おれたち貴族の子弟が乗り出すことになった。おれたちも、数人で夜回りを始めたのだ。

こうして、この西暦一六八六年に、楽しみは始まった。ある晩、貴族に成りすました十六歳か十七歳くらいの、三人のごろつきどもが、コンソラツィオーネ広場に姿を現したとき、ファブリツィオ・コルテザーニ、フランツ・デ・ラ・ハーズ、そしてこのおれ、リオネット・アンテラーミは、柱廊の陰にいた。彼らがそばまで来たとき、ファブリツィオが大きな笑い声を上げた。おれたちの姿が見えないやつらは、さっと脇によけた。

「どうした？　怖いのか？　マントと剣を身に付けているくせに？」ファブリツィオがか

らかった。

「くたばっちまえ！」馬丁のような顔をした、三人のなかで一番体格のいい若者が言い返した。「喧嘩を売ろうっていうのか、お坊ちゃん？　痛い目にあう前に、消え失せやがれ！」そして仁王立ちになると、右手を剣の柄に当てた。

「こいつ……」コルテザーニが言い返した。「ここはおれたちの家だってことを知らないのか？　行け、失せろ！」

　フランツとおれは、離れたところに引っ込んで、これから起こることを前もって味わった。そして正直につけ加えれば、連中の二人の仲間も、場を開けるために移動した。なぜかって？　このちんぴらどもの紳士気取りもここまで来たのだ。自分たちが真の紳士だということを示そうというのだ。

　街灯の弱々しい光を浴びて剣がきらめいた。ルールと作法に則った決闘になった。その身の程知らずの阿呆は、体格の点では、ファブリツィオの二倍はあった。だが、筋肉や大きな図体が何の役に立つだろう？　力の差は歴然だった。田舎者が、貴族の子弟を相手に何ができるというのだ？

　目にも止まらぬ速さだった。相手はフェイントか何かそのような手で仕掛けてきた。だが、そのときにはすでにファブリツィオの剣がやつの体を刺し貫いていた。剣が背中から突き出ているのがありありと見て取れた。

ドサッという音とともに、地面に崩れ落ちた。うめき声を上げていた。ほかの二人はもう姿を消していた。

それが皮切りだった。その日以来、夜ごとのやつらとの対戦は、おれたちにとってこのうえなく愉快な日課になった。馬鹿どもを殺すのは、ナポリやスペインの剣術学校の名だたる師範たちの教えを受けて腕を磨いてきたおれたちにとっては、赤子の手をひねるようなものだった。だが、やつらはそうはいかない。毎晩、新顔が現れた。そして朝には、ここにひとり、あそこにひとりと、死体が血だまりの中に横たわっていた。

もちろん彼らの全員が、私たちと張り合うだけの度胸をそなえているわけではなかった。たとえば、黒ずくめの服を着た、瘦せぎすで、猫背で、青白い顔のやつがいた。そいつは、おれがやつの仲間を手際よく始末するのを、少なくとも五回はその目で見ていた。そして、壁伝いに逃げていった。「おい、おまえ」おれは後ろから叫んだ。「いい勉強になったか？おまえも試したくはないか？」そのときやつは、一瞬振り返っておれを見た。憎しみに満ち満ちた目だった。だがそれは、おれにとってはこのうえなく心地よい賛辞だ。落ちくぼんだ、丸い、暗い目でじっとおれを見つめ、立ち去った。すでにおれの顔を覚えたはずだ。おそらく名前も知っているだろう。おれが剣を握れば、相手はすでに死の宣告を受けたも同然だということもさとったはずだ。

正直に言えば、あの醜い男の手にかかる事態も予想された。たとえば、背後から襲われるとか、四対一で襲ってくるとか。だが、くり返し言うが、ならず者の若者たちも、どういうわけかゲームのルールを尊重していた。戦うときは、常に一対一なのだ。そしてそれが、ひどくおれの癇に障った。やつらはまるでこう言っているようだった。「自分たちだけが紳士だと思っているのか？　おれたちだって、命懸けで紳士になろうとしているんだ」

ともかく、先に触れた若者は私の手を逃れた。あの、呪いに満ちた、憎々しげな目。だが、そのあとやつは逃げてしまった。ああ、あいつの腸を使って剣術のコツを教えてやれたら、どんなに愉快だろう。やつはその教えを永遠に忘れることはないだろう。

やつと一対一で剣を交えるのは叶わぬ運命なのだろうか？　背が高くもなければ、太ってもいず、がっしりした体格でもない。だが、やつのごりっぱな仲間のなかに、あれほどおれを苛立たせる顔をした者はいなかった。

おやっ？　静かに！　今夜はチャンスかもしれない。誰かがカトルティ小路を進んでくる。

時刻は夜の二時。それまで何事も起きなかったので、マルケット・サルヴァン伯爵はすでに帰ってしまっていた。いまプリオーリ広場の隅——これまであの馬丁どもを、六、七人地面に打ち倒した、特別な場所だ——で、おれといっしょにいるのはデッリ・ストラッツィ侯爵令息だけだ。

やってきたのは、まさしくあの黒服の猫背の小男だった。信じられないと思われるかもしれないが、ひとりだった。おれたち二人は、二つの岩のように身じろぎもせず、路地の端に立っていた。カトルティ小路は暗かった。逆光だったが、シルエットからあいつだとわかった。

ほら、もう十メートルもない。真っ青な顔。まるで死人だ。じっとこちらを見つめている憎しみに満ちた目は、二つのほら穴のようだ。そして、ひどく怯えているさまを見るのは愉快だった。それなのに、どうしてやって来たのだ？　なぜ死にたがるのだ？

あと、三メートル、二メートル。もう目の前だ。手を伸ばせば首をつかまえられる。

何食わぬ様子で、おれは一歩前に出て、やつの行く手をふさいだ。

「なあ、ジョゼ、教えてくれないか」おれはデッリ・ストラッツィにむかって言った。「どうしてこのシラミ野郎は、おれにぶつかってきたんだ」

おれたちは、二人とも路地から広場に出て、やつを待った。

「おまえ、酔っぱらっているのか？」デッリ・ストラッツィが猫なで声で言った。「なんだっておまえはやんごとなきお方の足を踏んだんだ？」

ついに、オルメア館の角灯に照らされて、やつがおれたちの前に姿を現した。小さく、哀れで、惨めだった。貴族のなりをしようとして、黒いぼろに身を包んでいた。そしてあの顔。何世紀にもわたる惨めさや貧しさが、低い額やゆがんだ鼻やねじれた唇に刻まれていた。

「おれは……おれは……」哀れな小男は口ごもった。「おれは踏んでなんか……」

「伯爵様にお詫びしろ。そうしたら、行かせてやる」侯爵令息は笑いながら言った。

やつはためらっていた。恐怖のあまり動けないようだ。だが、恐怖からだろうか？

ついに、意を決して言った。「あのう、ご無礼いたしました……」

「ひざまずけ」おれは言った。「そこにひざまずくんだ！」

すると、あのぞっとするような目でおれを見つめた。体をこわばらせていた。ぱっと横に飛ぶようにして路地から飛び出ると、さらに二歩後ろに下がって、剣に手をかけた。

「あんたは自信たっぷりのようだな、伯爵様？」しわがれた声で言った。

ひゅっという口笛のような音とともに、二つの剣が鞘から抜かれた。おれは何週間もこの時を待っていた。だが、じっくり行こう。楽しませてもらおう。最後の最後まで希望をもたせてやるのだ。愉快だ。なんて愉快なんだろう。

二人とも防御の構えを取った。おれは若さと幸せを感じていた。剣が触れあうや、相手が弱いのがすぐにわかった。

「汚らしい乞食め」おれはやつに言った。「どうして死にたがるのか、教えてくれないか？」

「彼女のためだ」やつは答えた。

「彼女のためだと、誰のことだ？」

「彼女のためだ」やつはくり返すと、左手で窓を指さした。そこには、おれの愛する女性ジュリアーナが顔をのぞかせて、こちらを眺めていた。

「この野郎、二度と口にするな」おれは叫び、やつの目の前で剣の切先を回した。

おれはたっぷり遊んでから、刺し貫いてやるつもりだった。だが、やつの思い上がった態度に考えを変えた。だめだ、もう待てない。

おれは、十八番（おはこ）のギリシャ式の二重の突きで入った。もちろん、相手はかわすことはできないはずだ。やつはあえいでいた。剣が突き刺さったと思った。

ところが、違った。ゴキブリ野郎は、ぶざまにあがいて、命拾いしたのだ。

「ああ、気に入らなかったのか？　なら、これならどうだ！」おれは冷静さを失っていた。やつがまだ生きていることに、我慢がならなかったのだ。

だが、やつは恐怖に駆られてがむしゃらに剣を振り回しているだけなのに、どういうわけか、おれの剣をかわし続けていた。

妙だ。何だか、やつの背丈がさっきよりも少し高くなったような気がした。おれの背丈とほとんど変わらない。やつは、ゆがんだ唇をわずかに開いて、歯を見せていた。笑っているように見えた。

「ああ、笑っているのか？　悪党め」おれは前に躍り出ると、目にも止まらない連続技を繰り出した。こんどこそ逃れるのは不可能だった。

馬鹿な。あり得ない。どうしてかわすことができたのか。間一髪のところで、やつは、見たこともない体のひねりを使って、おれの剣から逃れたのだ。

下衆野郎は笑っていた。高らかに笑っていた。いままでは背が高かった。すらりと高かった。頭ひとつ分、おれより勝っていた。ぞっとするような目でおれをじっと見つめていた。骸骨のように落ちくぼんだ、暗く、丸い目で。脚は、二本ではなかった、三本、四本、いや、それ以上あった。細くて長くて、すばやく動く脚が。剣も一本ではなかった。二本、五本、いや五十本の剣が猛然と回転しながらうなりを上げていた。おれは目の端で相棒のほうをちらっと見た。彼は壁に寄りかかったまま、身をこわばらせていた。ひどく奇妙な表情をしていた。

恐るべき蜘蛛がおれを攻め立てていた。おれは防戦一方だった。手首にけいれんが走った。

こらえきれるだろうか？　息が上がってきた。急がねば。サラセン戦法に頼るか。正攻法ではないが、非常時には……それっ！

炎の切先が、おれの胸の奥へ、奥へと入っていった。いったい誰が明かりを消したんだ？どうしてこんなに暗いんだ？

一九五八年三月二十四日

24 marzo 1958

大気と時刻と光の条件さえそろえば、私たちは、一九五五年から五八年にかけて人類が地球から宇宙空間にむかって打ち上げた、三つの小さな人工衛星を肉眼で見ることができる。そして、その三つの人工衛星は、宇宙に浮かんだまま、私たちの周囲をおそらく永遠に回りつづけることだろう。大気がガラスのように澄み切った冬の夕暮れ時には、三つの小さな点は、瞬くこともなく不愛想に光輝いている。そのうちの二つはほとんど触れ合うくらいに距離が近くて、もうひとつは、ぽつんと離れたところにある。だが、高性能の双眼鏡か高倍率の望遠鏡を使えば、かなり高い所を飛んでいる飛行機でも見るように、よりはっきりと観察できる（これらの人工衛星を考案し、打ち上げ計画に携わり、いまでは八十歳になったフォレスト老人は、田舎にある家の中庭で、デッキチェアに寝そべったまま、喘息で眠れない夜を衛星を待ちながら過ごしている。そして、三つの衛星のうちのひとつが、軒蛇腹の黒い縁から姿を現すと、特別あつらえのゴム紐で吊るされた小さな望遠鏡を目に当てて、何時間もそれを眺めつづけている）。

ほら、あそこに見えるのは、最初に打ち上げられた衛星「ホープ」だ。その名のとおり、あの記念すべき九月には、全人類を希望で満たし、人々を日々蝕(むしば)んでいる悪を忘れさせた(とはいうものの、長い噴射音をあげながら天頂にむかってまっしぐらに進んでいく衛星を打ち上げ、朝の四時五十三分にホワイトサンズに集まった三十万人の顔を空に向けさせたのは、忌まわしき目的、恥ずべき支配欲だったのだが)。遠くから見ると、「ホープ」は、短い鉛筆のような形をしている。色は、闇に溶け込んでいる部分もあるが、光に照らされた部分は銀色に輝いている。斜めに傾いたまま動かぬさまは、まるで、そこに吊るされているかのようだ。吊るされ、忘れられ、動かない。その内部に、ウィリアム・B・バーキントン、エルンスト・シャピロ、バーナード・モーガンの亡骸(なきがら)が眠っていることを納得するには想像力を働かせる必要がある。英雄、そしてパイオニアである彼らは、休むことなく地球の周りを回りつづけ、はや二十年の歳月が流れた!

打ち上げられた順序で言えば二番目の、より大きな衛星は、そのすぐ近くにある。少なくとも最初の衛星の四倍は大きい。美しいオレンジ色の、卵型で、滑らかな、このうえなく優美な姿をしている。お尻のほうには、長さのそろったパイプオルガンのパイプのようなものが何本も突き出ているのが見える。ロケットエンジンの噴射管だという。衛星は、(ロイスの卵という意味の)Lois Egg の頭文字をとって、「L・E」と名付けられた。衛星の製造者の愛妻ロイス・バーガー夫人の名前にちなんでいるのだ。彼女は夫とともに旅立ち、夫とともに永遠に宇宙を回りつづけている。彼らの七人の仲間も忘れてはいけない。

それから、望遠鏡を二十四度動かせば、三つ目の衛星、打ち上げの順番でも三番目の「フェイス」が見つかる。最初の二つの衛星では成し遂げることのできなかったことに再度挑戦すべく人々を支えた信念から、このように名付けられた。見かけは「ホープ」に似ているが、「ホープ」よりもやや大きい。色は黄色と黒の縞模様で、今日でもはっきりと見える。そして、何よりその縞模様こそが、それを造ったのは私たちであり、何か未知の災害によって砕け散り、宇宙をさまよっている星の破片ではないことをわからせる。「フェイス」は五人を乗せて出発した。彼らの名前は、パルマー、ソウ、ラサール、コゼンティーノ、トンプソンである。私たちの小さな世界に散らばっている五つの別々の墓地では、五つの空の墓が彼らを待っている。だが彼らの亡骸は、おそらく腐敗することもなく、宇宙を回りつづけている。人類がひとり残らず死に絶えてもなお、回っていることだろう。

一九五八年三月二十四日は、この三つ目の人工衛星が打ち上げられた、おそるべき日である。その日は国民の休日のように祝われることもなければ、毎年の記念日も、まるで大きく取り上げるのが憚られるかのように、ひっそりと過ぎてゆく。学校の教科書でも、さらりと触れられているだけだ。けれども、ザマの戦いも、ヴァルミーの戦いも、クリコヴォの戦いも、ワーテルローの戦いも、アメリカ大陸の発見も、フランス革命も、あの日に匹敵するほどの歴史的な意味を待たない（それに匹敵するのは、せいぜい、我らが主イエス・キリストの誕生くらいだろう）。あのときから――ああ、人々がかつてどのように生きていたか、私も憶えているが――人類は変わってしまった。考えも、仕事も、欲望も、習慣も、楽しみも、愛も、違ったものになってしまった。一種の羞恥心から自らそれを認めることなく、人類は別の道へと進んだ。よりよいほうへ、それともより悪いほうへ？　それは問うまでもない。周囲に目を遣り、人々の会話に耳を傾け、この西暦一九七五年における人々の行動を観察すればすぐにわかる（けれども、ベッドに寝たきりのフォレスト老人は、澄み切った夜には、風変わりな三つの乗り物を飽きずに眺めている。まるで、あの出来事への一種の反抗心に、私たちの生き方をがらりと変えてしまった運命的な発見に対する憤懣に駆り立てられているかのように）。

憶えておいでだろうか？　「ホープ」は強力な無線誘導システムを備えていた。打ち上げは完璧、軌道も寸分の狂いもなかった。衛星の飛行は、正確無比な計測技術によって地上から制御されていた。ところが、機体がとつぜん傾き、例の、斜めにかしいだおかしな姿勢を取ったかと思うと、クリスマスツリーに下手に飾りつけられたロウソクのように動かなくなった。何のメッセージも届かなければ、生命の兆候もまったく示さなかった。すべては静寂の中に封印されたのだ。

「フェイス」と「L・E」は、事故当初の失望感が薄らぐや、競うように建造された。二つのうちでは、「L・E」のほうが先に打ち上げられた。宇宙空間に葬られた三人の死者への思いから、打ち上げ前のセレモニーは一層厳粛なものになった。「L・E」が飛び立ったのは一九五七年の十一月だった。衛星は、あの、天空に浮かぶ廃墟となった「ホープ」のそばを通過するように軌道が計算された。最後にロケットに乗り込んだのは、ロイス・バーガー夫人だった。金属の扉が閉じられる前に、彼女は愛らしい顔をのぞかせ、熱狂する観衆に手をふった。そのあとに、炎と、凄まじい噴煙と、忘れることのできないあの物悲しい轟音が続いた。見る見るうちに、「卵」は小さな炎の塊になり、それはどんどん小さくなっていった。「すべて順調」すぐに船内無線が状況を伝えた。「衝撃はごくわずか。温度、正常……温度、正常……」と間を置いてくり返したのちに、「What a sound（なんて音だ）」という謎めいたメッセージが聞こえてきた。さらに、「An odd...（奇妙な……）」と伝えたところで、通信は途絶え、沈黙が訪れた。そして、勇敢な卵は深淵の上に宙づりになった（そして、いまも私たちが生きる地球の上を静かに回りつづけている）。

この悲劇的な出来事さえも、三度目の遠征を中止させるのには十分ではなかった。四か月後に「フェイス」が飛び立った時の様子を語る必要があるだろうか？「フェイス」もまた、計算されたとおりに宇宙空間を突き進んでいった。やがて、通信技師のトンプソンは無線で一報を伝え、ある時点で、「Damn it, but here we have got in...!」と声を上げた（そのときの通信内容を録音したレコードも売られている。「なんてこった！　おれたちは入っちまった！……」とトンプソンが叫ぶ声がはっきり聞き取れ、そのあとには、レコード針のジリジリというノイズ音と、恐ろしい沈黙だけが続く）。

　十七年が経ったいまでは、あの二つの死に際のメッセージの意味を議論しつづけている頑固者はごくわずかだ。最初のメッセージは解読不可能に思えても、二番目のメッセージを理解するには二十四時間もかからなかった。そして、「卵」があとに残した謎も解き明かされた。こうして今日では誰も——人間の誇りを保ちたいあまり、どうしても考えを曲げようとしないわずかな頑固者をのぞけば——三つの衛星は私たちの貧しい魂には耐えられないような音を浴びせられたのだということを、もはや誰も疑わない。「L・E」の通信技士は、「An odd music（奇妙な音楽だ）」と言おうとしたのだ。だがまさにその瞬間、彼の心臓は破裂した。「But here we have got in Paradise（おれたちは入っちまった、天国へ！）」と亡きトンプソンは言おうとしていた。けれども、彼もまた、命にかかわる器官が破壊されてしまったのだ。

　それから世界は、何日間も混乱状態に陥った。論争が巻き起こり、人々は一種の不合理な怒りを感じ、合衆国大統領が委曲を尽くした長文の演説を行い、そして最後は——予想されたことだが――メシアの到来でも告げられたかのような、正真正銘のパニックが起こった。「なんと愚昧な！　中世に生きているわけじゃあるまいし」科学者たちは馬鹿げた仮説に異を唱えた。「恥知らずな！」神学者たちは、天国は私たちのまさに頭上に、頭を上げればぶつけそうなくらいすぐ近くに浮かんでいるなどという、大それた考えに憤慨した。けれども科学者も、神学者も、結局は沈黙した。そして、彼らがもう声を上げなくなって久しい。

　だが皮肉なことに、人類は、全知全能の神が、その王国が、驚くほどすぐそばに存在するという事実に歓喜するどころか、喜び祝うどころか、生きる喜びをなくしてしまったのだ。もはや戦うことも、憎み合うこともなくなった。そして、私たちは自問する。人生の面白味はどこに行ってしまったのかと。ここは私の家だ、これより先へ進むことはならぬ。永遠の存在からそう言い渡されたのだ。その結果、地球はハシバミの実ほどの大きさになってしまった。もはやそこから逃げ出すことのできないわびしい牢獄に。人類はうらめしかった。いまほど人類が、永遠の深き谷間をじっと見据え、ひしめく星々の中でひとりぼっちになってしまったように感じたことはなかった。かつては親しみをおぼえた月でさえ、近寄りがたい山々のような峻厳さを取りもどした。ついに私たちは知ったのだ。目に見えぬ祝福されし者たちが私たちの頭上で、歌い、踊っているということを（そして私たちは、それをダンテ・アリギエーリがでっち上げた作り話だと思っていたのだ！）。

本来なら、誇りに思うべきだろう。天使たちの家は、私たちのすぐそばに、この宇宙の中では芥子粒のようにちっぽけな、地球という邪な古き惑星のまさに目と鼻の先に位置しているのだから。それはもしかしたら、私たちはお気に入りの被造物であることの証ではないのか？　けれども私は、私たち人類は漠然と侮辱されているという気がしている。純血種の堂々たるグレートデーンを間近で目にするまで、自分はこの世界の主だと思っていた野良犬のように。宝石で飾り立てた太守が隣に座っているせいで、食事の喜びも減じてしまう乞食のように。あるいは、ある日、森のすぐ裏手の、自分のあばら家から百歩のところに、王様が宮殿を建てたことを知った牛飼いのように。さらに、あの聖なる死の音楽。あそこでは、音楽が奏でられ、歌声が響いている。だが、私たちには美しすぎて耐えられないその音を遮断できるほど厚い防護壁は存在しないのだ（たとえ万里の長城のようにぶ厚い壁でも無理だろう）。

喘息に苦しむ夜にベランダに横たわる老フォレストの悔恨の念は、私たちの懊悩は、ここから生まれるのだ。なぜなら、あそこは天の砦、永遠の勝利の王国、最高天、聖なる楽園だから。だがそれは、私たちには越えることの許されない境界でもあるのだ。私たち人間は生きているというのに！　正直に言おう。鉄と岩のドームでさえ、これよりは、天国よりは、重苦しくはないのではないか？　これは冒瀆の言葉だろうか？

可哀そうな子！

Povero bambino!

いつものように、クララ夫人は五歳になる男の子を川辺の公園に連れていった。良くも悪くもない季節の午後の三時頃だった。日は照ったり陰ったりで、時折、川風が吹いていた。

そしてその子も、かわいらしい子ではなかった。かわいいどころか、みすぼらしくて、やせっぽちで、発育不良で、元気がなく、顔色がひどく青白かった。いや、青白いというより緑色に近くて、遊び仲間たちはそれをからかって、彼をレタスと呼んでいた。だが、ふつう青白い子どもたちは、そのかわりに、血色の悪い顔に黒いぱっちりとした大きな目をしていて、悲哀のこもった表情をしているものだ。ところが、小さなドルフィはそうではなかった。これといった個性もなく、ただキョロキョロ動く、パッとしないちんまりした目をしていた。

その日、レタスというあだ名の男の子は、新しい小さな鉄砲を手にしていた。当たっても痛くない弾が出る銃だ。それでも鉄砲にはちがいなかった。だが、彼はほかの子どもたちと遊ぼうとはしなかった。いつもからかわれるので、みんなと遊ぶより、ひとりでいるほうがよかったからだ。孤独の苦しみを知らない動物たちは、ひとりで遊ぶことができる。ところが、人間にはそれができない。そうしようとしても、すぐにもっとつらい孤独感に襲われるものだ。

それでも、ほかの子どもたちが彼の前を通りすぎるとき、ドルフィは鉄砲を腕に抱えて、悪意なしに撃つしぐさをした。むしろそれは、『ほら、今日はぼくも鉄砲を持っているよ。ぼくも戦士だよ、どうしていっしょに遊ぶように声をかけてくれないの？』という誘いだった。

はたして、並木道のあちこちに散らばって遊んでいた子どもたちはすぐにドルフィの新しい鉄砲に気づいた。それは安物の玩具だった。だが新品だし、自分たちのとは違っていた。興味と妬みをかき立てるのにはそれで十分だった。「見たか？　レタスのやつ、鉄砲を持っているぞ」ひとりが言った。「レタスは、ぼくたちに見せびらかして、うらやましがらせるために鉄砲を持ってきたんだ。でも、ぼくたちと遊ぼうとしないし、ひとりでも遊ばない。レタスはいやな奴だ。それに、あの鉄砲は気に食わない」別のひとりが言った。「ぼくたちが怖くて遊ばないのさ」三人目が言った。「だろうな。でも、やっぱりいやなやつだ」最初の子が言った。

クララ夫人は、ベンチに座って編み物に熱中していた。陽射しがわずかに彼女を照らしていた。息子のドルフィはそのかたわらにぼんやりと座っていた。鉄砲を抱えて並木道を歩き回ろうとはしなかった。何をするでもなく、両手で鉄砲をいじくりまわしていた。午後の三時頃だった。木々の枝では、種類のわからぬ鳥たちがやかましく鳴き立てていた。夕暮れが近づいているしるしだろう。「さあ、ドルフィ、遊んできなさい」クララ夫人は編み物から目を上げずにうながした。「遊ぶって、だれと？」「もちろん、ほかの子たちよ。みんな、お友だちでしょ？」「友だちなんかじゃないよ」ドルフィが言った。「いっしょに遊ぼうとすると、ぼくをからかうんだ」「レタスって呼ばれること？」「レタスなんて呼ばれたくない」「ママは、かわいらしいあだ名だって思うわ。ママだったら怒ったりしないわよ」それでも男の子は言い張った。「レタスなんて呼ばれたくない」

ほかの子たちはふだん戦争ごっこをしていて、その日もそうだった。ドルフィは一度仲間に加えてもらおうとしたことがあったが、彼らはすぐにレタスと呼んで、笑い出した。彼らのほとんどが金髪なのに、彼は黒髪で、小さな髪の房がコンマの形に額の上に垂れていた。彼らはがっちりした太い脚をしているのに、彼は細くてきゃしゃな脚だった。彼らは野ウサギのように駆けたり跳ねたりしていたが、彼はどんなに頑張ってもついていくことができなかった。彼らは、鉄砲、サーベル、ぱちんこ、弓矢、吹き矢、ヘルメットを持っていた。ヴァイス技師の息子などは甲冑(かっちゅう)騎兵のようにぴかぴかの甲冑を持っていた。みんな、彼とほとんど同じ年だったのに、汚い言葉をぽんぽん口にすることができた。でも彼は、とてもそんなふうには舌が回らなかった。彼らはたくましくて、彼はひ弱だった。

でも今日は、ドルフィは鉄砲を持っていた。

そんなわけで、ほかの子たちは額を集めてひそひそ話をしたあとで、ドルフィのところにやってきた。「おまえ、いい鉄砲を持ってるな」ヴァイス技師の息子のマックスが言った。「見せろよ」ドルフィは、鉄砲を自分の手に持ったまま、相手にじっくり眺めさせた。

「なかなかのもんだ」ドルフィの鉄砲の少なくとも二十倍の値はする空気銃を肩からかけたマックスは目利きらしい感想を述べた。ドルフィは、その言葉にひどく気をよくした。

「この鉄砲があれば、おまえも兵隊として戦えるぞ」ヴァルターが細い目でおだてるように言った。

「そうとも。この鉄砲なら隊長が務まる」三人目が言った。ドルフィは驚いたように彼らを見た。まだレタスと呼ばれていなかった。ドルフィは自信を持ちはじめた。

それから、彼らはその日の戦い方を彼に説明した。片や、山を占領しているマックス将軍の軍隊があり、片や、そこに切り込もうとするヴァルター将軍の軍隊があった。山というのは、高さのふぞろいな草が生い茂った土手だった。ドルフィは、大尉の地位でヴァルターの軍隊に配属された。そして、二つの陣営に分かれ、各々、作戦を練った。

ドルフィは、ほかの少年たちからはじめてまともに相手にされているのを感じていた。ヴァルターは、前衛部隊の指揮という、非常に重要な任務を彼に任せ、ぱちんこで武装したかなり胡散臭げな二人の小さい子どもを部下として与えた。そして、攻撃ルートの下調べをさせるために、部隊の先頭に送り出した。ヴァルターも、ほかの子どもたちも、愛想のよい笑みを浮かべていた。大げさなほどに。

こうしてドルフィは、急な下り坂になっている小道の入り口に顔をのぞかせた。道の両側は、高さのふぞろいな草の茂る土手だった。マックスが指揮する敵が茂みに隠れて待ち伏せている可能性があったが、その気配は見られなかった。

「さあ、ドルフィ大尉、攻撃を仕掛けるんだ。敵はまだ来ていないようだから」ヴァルターは親しげな口調で彼に命じた。「おまえが下り次第、おれたちも駆けつけ、援護する。だが、おまえは走れ、全速力で走るんだ。万一に備えて」

ドルフィは、振り返って彼を見た。そして、ヴァルターもほかの仲間たちも奇妙な薄笑いを浮かべているのに気づいた。一瞬、ためらった。「どうした？　さあ、大尉、突撃だ！」将軍が命じた。

そのとき川の向こうを、目には見えない軍楽隊が行進していった。躍動するラッパの高らかな音色が、力強い生命力のようにドルフィの心の中に流れ込んできた。ちゃちな鉄砲を勇ましく握りしめた彼は、栄光が待っているのを感じた。「全員、突撃！」ふだんならけっして叫ぶことなどない彼は叫び声を上げた。そして、身を躍らせると、下り坂になった小道を全速力で駆け下った。

その瞬間、背後で、野卑な笑い声がどっと上がった。だが、振り返る間もなかった。すでに走り出していた彼は、突然足を取られた。地面から十センチのところに紐が張られていたのだ。

頭から地面にばったり倒れ、鼻をしたたか打ちつけた。鉄砲は手から飛び出していった。軍楽隊の熱い演奏が響くなか、叫び声がわっと上がり、銃の弾が飛んできた。ドルフィは立ち上がろうとした。だが、草むらから敵軍が飛び出してきて、湿った土の玉を浴びせかけた。全員、彼にむかって投げつけていた。泥団子のひとつが耳に命中し、ドルフィはふたたびばったりと倒れた。それから、みなで飛びかかって、彼を踏みつけた。彼の将軍であるヴァルターも、仲間の兵士たちも。「食らえ！　こいつを受けろ！　レタス大尉！」軍楽隊の勇壮な演奏は、川の向こうで消えていった。ドルフィは、くやし涙をぽろぽろ流しながら、まわりを見回して鉄砲を探した。拾い上げた。壊れていた。銃身が吹っ飛んでいて、もう使い物にはならなかった。

無残な残骸を手に、鼻血を流し、膝はすりむけ、頭から足まで泥だらけの姿で、並木道で待つ母親のところにたどりついた。

「まあ、ドルフィ、何をしたの？」母親は、何をされたの、ではなく、何をしたの、とたずねた。主婦の本能的な苛立ちからだった。服がすっかりボロボロになっていたからだ。だが、母親としての屈辱感も感じていた。この子はいったいどんな大人になるのかしら？　どんな悲惨な運命が待っているのかしら？　どうして私も、公園に群れている子たちのような金髪でたくましい子を生むことができなかったの？　どうしてドルフィはこんなに発育が悪いの？　なぜいつも顔色が悪いの？　なぜかわいげのない子になってしまったの？　どうして弱虫で、いつもほかの子たちにいじめられているの？　十五年後、二十年後の息子の姿を思い描いてみようとした。軍服を着て、騎兵大隊を指揮しているところや、すばらしい娘に抱きしめられているところ、大店の主か船長になっているところを想像してみようとした。だが、できなかった。目に浮かぶのは、ペンを握り、大きな紙の山を前にして、学校や、家や、埃っぽい事務室の机に背中を丸めて座っている姿ばかりだった。役人か、うだつの上がらない平社員。一生惨めな男、負け犬の人生だろう。

「ああ、可哀そうな子！」クララ夫人とおしゃべりしていた若く上品な女性が憐れんで言った。そして頭を振りながら、ドルフィの驚いたような小さな顔をなでた。

男の子は、感謝するように目を上げ、微笑もうとした。その青白い顔に、一瞬明るさのようなものが射した。そこには、傷つきやすく、純真で、惨めで、無力な子どもの苦い孤独が、わずかな慰めを求める必死な願いが、無垢(むく)で、痛ましく、言葉に言い表すことのできない非常に美しい感情が込められていた。一瞬のあいだ――そして、そのときが最後だったが――彼は穏やかで、優しく、哀れな子どもだった。理由はわからぬものの、彼は周囲の世界にわずかな善を求めた。

だが、それは一瞬のことだった。「さあ、ドルフィ、帰って服を着替えるのよ！」母親は腹立たしげに言うと、彼を力いっぱい家のほうに引っ張っていった。すると、男の子はふたたび激しくしゃくり上げはじめ、顔はたちまち醜く、暗い怒りのこもった表情になって口許をゆがめた。

「あの子たちときたら、まったく手に負えませんわ！」もうひとりの婦人が別れを告げながら言った。「さようなら、ヒトラーさん！」

偽りの知らせ

Notizie false

戦場からもどってきた連隊は、ある暮れ方、アンティーオコの郊外までやってきた。その頃、戦況は停滞し、侵入してきた敵軍はまだ遠方にいた。一息入れることができた。疲弊しきった軍隊は町の近くの草地に野営した。負傷者は病院に運ばれた。

街道からさほど離れていない場所の二本の大きな樫（かし）の木の下に、指揮官のセルジョ・ジョヴァンニ伯爵の白い大きな天幕が張られた。

「旗を掲げますか？」副官がためらいがちにたずねた。

「掲げてはいかんとでも？」指揮官は副官の考えを推し量りながら答えた。「もしやわれわれが……」だが、しまいまで言おうとはしなかった。

こうして、天幕の上に、豪華な布地に二本の黒い剣と一本の斧（おの）の図柄を刺しゅうした伯爵家の黄色い旗が立てられた。天幕の入り口の前に、小さなテーブルと腰掛けが運ばれ、指揮官はそこに座って、夕食を待っていた。日は暮れはじめたばかりで、暑かった。嵐の先触れのような光が、地肌がむき出しになった周囲の山々を照らしていた。そこへ、白い道を、杖をつきながらひとりの男がやってきた。老人だった。時代遅れの服を着ていたが、威厳たっぷりだった。長身で、髭はそり、素朴ではあるが、じつに堂々としていた。埃で膝まで真っ白だった。長い距離を歩いてきたにちがいない。老人は野営地に着くと、あたりを注意深く見まわし、それから指揮官の天幕があるほうに向かった。

老人は、セルジョ・ジョヴァンニ伯爵の前に進み出ると、おもむろに帽子を取って、言った。「閣下、よろしければ、お話がしたいのですが」

指揮官は、礼儀を重んじる人間だったので、立ち上がって、挨拶に応えた。だが、疲れていらいらしているのが見て取れた。それから、あきらめたようにふたたび腰を下ろした。

「あの山が見えますか？」見知らぬ男は、東側の斜面が崩れかけた大きな円錐形の山を指さしながら言った。「わしは、あの山の向こう側から来たのです。二日間歩きつづけました。で、ようやく間に合った、というわけです、閣下」老人は、ちょっと間を置いてから言葉を継いだ。「あの山の向こう側に、サン・ジョルジョの村があります。わしは、村長のガスパレ・ネリウスと申します」

連隊長は、半ばうわの空で、わかったと言うように首を振っていた。

「わしらの村は、外の世界から切り離されたようなところです」老人は、喜びで気持ちが高ぶっているかのように、見るからに生き生きとした表情になりながら話を続けた。「それでも、遅かれ早かれ、大きなニュースは伝わります。先日、ひとりの商人が通りかかって言いました。『知ってるかね？　戦争は終わったぞ。狙撃兵の連隊はもう平地にもどっている。この目で見たんだ』『戦争が終わったって？』わしらはきき返しました。『ああ、永久に』と彼は答えました。『で、連隊はどこに向かっているんだね？』とわしはたずねました。『アンティーオコに向かう道を進んでいる。三日後には到着するはずだ』と彼は答えました」

「なるほど。だが……」伯爵は口をはさもうとした。けれども相手は、自分の話にすっかり熱中していた。「わしらにとってどれほどうれしいニュースか、おわかりですか？　閣下、この連隊の第二中隊の兵士は全員サン・ジョルジョ村の若者なのです。わしらは思いました。悪いことは終わったのだ。兵士たちは、給金と勲章をもらって帰ってくると。そこで、わしらは盛大な宴(うたげ)を催すことにしました。わしが彼らを迎えにアンティーオコまで行くことになりました。戦争はもう終わった。指揮官殿は、」ここで、老人は愛想のよい笑みを浮かべた。「指揮官殿は、彼らを帰らせてくださるだろう。彼らはりっぱに義務を果たした。それどころか、ルッキーニとボンナスの二人は命を落とした。きっと指揮官殿は彼らを帰らせてくださるだろう……」

「いや、それがだな、ご老人……」連隊長は立ち上がりながら、口をはさんだ。だが、老人はそれをさえぎって話を続けた。

「何をおっしゃりたいのかは、わかっております、閣下。すぐには兵士たちを除隊させることはできないというのでしょう。いえ、それは最初から予想しておりました。いや、そんなつもりではないのです。そんなつもりでは。連隊は、数日間はアンティーオコに留まるでしょう。第二中隊に四日間の休暇をお与えください。彼らを故郷に帰らせてください。数時間だけでも。四日後には、全員を連れてもどって参ります。お約束します」

「私が言いたいのはそういうことではない……」セルジョ・ジョヴァンニ伯爵はふたたび老人の話をさえぎろうとした。「別のことなのだ……」

「だめだとおっしゃらないでください、閣下」老人は、相手が拒もうとしているのを察して訴えた。「わざわざ二日間もかけて歩いたのです。それに、お考えください。サン・ジョルジョでは、もうすっかり準備をしています。シモーネは、村の入り口に一種の凱旋門(がいせんもん)をこしらえました。この天幕よりも高いでしょう。きれいに色を塗って、旗や花で飾るつもりです。てっぺんには歓迎の言葉を……待ってください。ここに持っているはずですから……わしらみなで考えたのです……」老人は、あちこちのポケットの中を探ってから、しわくちゃな紙切れを引っ張り出した。「ほら、これです……『勝利を得てもどってきた英雄たちに。サン・ジョルジョ村は諸君を誇りに思い、感謝の意を表する……』シンプルですが、よくできた言葉に思えます」

「だが、その前に私に話させてくれ……」指揮官は苛立(いらだ)った声で言った。「あなたは少々変わり者のようだ……」

「先に、わしに最後まで言わせてください」老人は懇願した。「そうすれば、だめだとはおっしゃらないでしょう。哀れな若者たちのことを考えてください。二年間も戦争に行っていたのです。みな、勇敢でりっぱな者たちです。どれほど喜ぶか、ご想像ください。わしらはちゃんと準備をしたのです。向かいの村からは楽隊が来ることになっています。盛大な宴になるでしょう。わしは花火を用意します。ジェンナーリの家ではダンス・パーティーが開かれます。つもる話に花が咲くでしょう……」

「もういい、やめてくれ！」指揮官は声を荒らげて言った。「あなたは無駄なおしゃべりで時間を浪費されているのですぞ。誰が戦争が終わったと言いました？」

「何ですと？」老人は唖然としてきき返した。

「終わってはいない」セルジョ・ジョヴァンニは沈痛な声ではっきりと言った。「戦争はまだ終わってはおらんのだ」

二人は顔を見合わせたまま、しばらく黙っていた。老人の心に奇妙な疑念が浮かんだ。

「ですが、」サン・ジョルジョの村長はふたたび口を開いた。「だとしても連隊は、このアンティーオコにしばらくは留まるでしょう。わしらの兵士たちに一時休暇をお与えください。二日でも十分でしょう。急いで歩けば間に合います。ここを朝発って夕方までにサン・ジョルジョに着くのもわけないことです」

「無理だ。たとえ戦争が終わっていたとしても無理だろう」指揮官はあいかわらず重苦しい口調できっぱりと言った。「第二中隊はもう私の許にはいないのだ」

指揮官は、この事実を伝えるだけで十分だろうと思っていたが、そうはいかなかった。老人の顔が青ざめた。

「第二中隊はここにはいない？　では、わしは無駄足を踏んだのですか？　彼らに会うことすらできないと？　別の連隊に移動になったのですか？　どうか正直におっしゃってください、閣下、どこにいるか教えてください。すぐに追いつきますから。教えてください。私の甥（おい）もいるのです……」

「彼らは死んだのだ」指揮官は地面を見つめながら、とうとう口にした。

重い沈黙が流れた。周囲の野営地にあるものすべてが動きを止めたように思えた。老人はこめかみの血管がドクンドクンと脈打つのを感じた。山の上では嵐を予感させる光があいかわらずよどんでいた。天幕の上で黄色い旗が力なく垂れ下がっていた。

セルジョ・ジョヴァンニ伯爵は頭をうなだれた。まるで打ちのめされているかのようだった。両手はじっとテーブルの上に置かれていた。

「死んだ……」老人は生気のない声で自分にむかってつぶやいた。心の中ではさまざまな思いが渦巻いていた。しばらくのあいだ身じろぎもしなかった。それから、苦い笑みがゆっくりと口許に浮かんだ。彼は気丈に頭を上げると、抑揚のない声でふたたび話しはじめた。

「ほら、やっぱり、こうなることになっていたんだ。みな勇敢な兵士だから。わしはサフロンに言ったのです。何か悪いことが起こっていなければいいがと……そう言ったのです……で、これから、わしはその知らせを持って帰らなければいけないのですか？　いったいどんな顔をしてサン・ジョルジョに帰ればいいのです？」老人は怒りのこもった絶望の声を張り上げた。「彼らは祖国のため命を落としたのだ、自らにそう言い聞かせて慰めるしかない。戦いで亡くなった。英雄として。それがすべてです。そうでしょう、閣下？」

指揮官は答えようとはしなかった。その顔はこわばっていた。

「凱旋門と旗は、葬儀に使えばいい」老人は悲しげな嘲笑を込めてなおも言った。「花は墓に飾られるでしょう。墓は寄り添うように並べられるでしょう。同じ十字架の下に。りっぱな若者たちでした。ここにサン・ジョルジョの英雄たちが眠る。墓にはそんなふうに刻まれるでしょう」ガスパレは苦々しげに言った。「サン・ジョルジョは、勝利とともに帰還せし英雄たちを誇りに思い、感謝を捧げる。これくらいのことは、閣下、せめてこれくらいはわしらに許されるでしょう？」

「だめだ」連隊長は怒気のこもった激しい口調で答えた。「もう十分だ。黙ってください！

知りたいなら、教えてあげましょう。英雄なんかじゃない。彼らは英雄として死んだのではない。逃げようとしたところを殺されたのだ。彼らのせいでわが軍は敗北したんだ……」

セルジョ・ジョヴァンニ伯爵は声を張り上げ、心の中の重苦しいものをすっかり吐き出した。それから、恥ずかしさからテーブルに目を落とした。むせび泣いているのかもしれなかった。だが、そうだとしても、声には出さずに、心の中で泣いていた。

老人は、とうとう魂が抜けたようになった。

「お許しください、閣下」長い沈黙ののちに、老人は消え入りそうな声で言った。泣いていた。「おわかりでしょう、わしも……」

だが、それ以上言葉が出なかった。村長は丁重にいとまを告げると、足を引きずるようにしてその場から立ち去った。両腕がだらんと垂れていた。片方の手にはまだ帽子を握り、もう一方の手で杖を引きずっていた。のろのろと天幕から遠ざかると、白い街道を、山のほうに向かって歩いていった。そうこうするうちに、すでに日が暮れていた。

三日かかってようやく、村長は山深い自分の村が見えるところまで帰ってきた。集落の二百メートルほど手前で、宿屋の主人のイェローニモを目に留めた。従弟のペーテルといっしょに、道の両側に沿って打ちこまれた棒杭のそばで作業をしている最中だった。歓迎の宴のための準備にちがいない。遠くからではよくわからなかったが、棒の先に色とりどりの布切れが取り付けられていて、うららかな日和の陽射しの中で輝いていた。

やがて、頭を上げたイェローニモが近づいてくる村長に気づき、ほかの者たちに知らせるために声を上げた。だが、近くにはほとんど人がいなかった。駆け寄ったのは、イェローニモと従弟のほかには、農夫の若者が二人に、五十前後の女がひとりだけだった。

「どうだった?」イェローニモがいかにもうれしそうな顔でガスパレ老人にたずねた。「みんなに会えたかね? で、いつ帰ってくるって?」

「私のマックスには会った?」女もたずねた。「元気だった? 今日、村にもどってくるの?」

村長はへなへなと道端に座り込んだ。帽子を取って、しばらくふうふう荒い息をついていた。

「彼らは来ない」やがて、小さな声で言った。

「どうして? じゃあ、明日到着するのかい?」ジュゼッペがたずねた。

「明日になっても来ない」村長は答えた。

「そんな馬鹿な……」イェローニモが大きな声を上げた。「戦争はもう終わったっていうのに。何のためにあそこに留まってるんだ?」

「戦争は終わったかもしれん。だが、彼らはもどってはこない」ガスパレは言った。「あの子らは
「説明してちょうだい。いったい、どういうこと？」女が不安げにたずねた。「あの子らは
あなたになんて言ったの？」
老人は心の中で葛藤しながら、しばらく黙り込んでいた。
村長はようやく口を開くと言った。「彼らは首都に行くんだ。王様の護衛兵になるために。
兵士でいたいんだ。兵隊暮らしにすっかりなじんでしまったものだから。もう野良仕事なん
かにはもどれないんだ……」
「でも……でも……その前に、みんなに顔を見せて挨拶くらいするでしょ？」女が異を唱
えた。
「来られないと言っていた。そんな時間はないんだとさ」ガスパレが答えた。
そのとき、もうひとり、男が駆けつけた。建具屋のシモーネだった。
「見たかね？」ガスパレ老人に近づきながら声をかけた。「アーチを見たかね？　すばらし
い出来だろ？」
「黙って」その場にいた若者のひとりが小声で命じた。
けれども、シモーネは理解できずに、うれしそうにまた口を開いた。「早く見に来てくれ
よ、ガスパレ。てっぺんに黄色い馬を飾ったんだ。夜には明かりをともす」

「骨折り損だったな」ガスパレは答えた。「彼らはもう来ないよ。首都に行くんだ。王様の護衛兵になりに」

「そうだとしても、休暇くらいはくれるはずよ。私たちに挨拶しにもどってこられるでしょ！」女が食い下がった。

「そうは言ってなかった」村長は説明した。「はっきりとはわからんが、もどってはこないだろうよ」

「でも、だとしたら」ショックを受けた建具屋が言った。「それじゃ……アーチは……」

「アーチは壊せばいい。それだけだ」ガスパレがつらそうに答えた。「言ったろう。来ないって」

「だけど、頑丈なんだ。色だって落ちない。どうして壊さなきゃいけない？」建具屋は言い張った。「何か月か待ってもいい。あとで兵士たちがもどってきたときに、色を塗り直すから」

「何度も言うが、待っても無駄だ」ガスパレは答えた。「彼らは来ない。まだわからないのか？」

「じゃあ、手紙は？」納得できない女が言い立てた。「私のマックスはあなたに手紙を預けなかった？　何か言ってなかった？」

「何も」ガスパレは言った。「連中はみな、思い上がってしまったんだ。わしに挨拶するのも恥ずかしいようだった。故郷のことなど、もうどうでもいいんだ」

「そんなこと、あり得ないわ」女が声を上げた。「そんな馬鹿なことが！　私のマックスが思い上がるなんて……ほかの者ならともかく、あの子はずっと子どものままだった。いつも私に手紙をくれた……」

「あいつもほかの連中と同じだ」老人は情け容赦なく言った。「あいつも思い上がってしまったのさ。いったい、自分たちが何様だと思っているのか。ともかくそういうわけで、帰ってこないんだ。戦争のせいで慢心してしまったんだ。あんたらをがっかりさせたくなくて、言うのをためらったが……」

「だけど……だけど、広場に旗を張り渡したんだ。古い鐘も修理して……」建具屋は悲しげに頭を振りながら言った。

「連中はわしにはほとんど目もくれようとしなかった」そのあいだも、ガスパレは残酷に言いつづけた。『わしらは待っておるよ。きっと楽しいよ』わしは言った。すると、ひとりがわしにきき返した。『サン・ジョルジョでかい？』フィローナの息子のようだった。胸に勲章を二つぶら下げていた。『よしてくれ。僕たちはすぐに出発しなきゃいけないんだ。勘弁しておくれよ』こう言って、笑い出した」

彼らは、道の上でひとかたまりになったまま動かずにいた。白い埃の上に落ちたひとつの影は、太陽が動くにつれて、少しずつ伸びていった。

「わしにそう言ったんだ」老人は苦々しげにくり返した。いまでは、ほかの者たちは押し黙っていた。「待っても無駄だ。彼らは帰ってはこない」信じてもらえないのではないかと心配しているように、村長は重ねて言った（そう言いながら、彼は、戦いの終わった人気のない谷間の藪の中や石ころの上で、皆殺しにされ、埋葬もされることもなく、あちらこちらに転がっている若者たちの姿を思い浮かべていた）。

太陽の光は、色とりどりの布や、真新しい旗や、凱旋門のてっぺんに飾られた金色の馬を陽気に照らしていた。村では、娘たちが、まだ宴の準備に忙しかった。兵士たちのために花を摘んでいた。だが、花も、飾りつけも、ワインも、音楽も、無駄になるだけだろう。

「仕方ない」ようやく沈黙を破って、イェローニモが重苦しい口調で言った。「こうなる運命だったんだ……このうえなく勇敢だから、王様は手放そうとはされなかったんだ。あいつらほど勇敢な兵士はほかにいないから……」

「ああ」老人はうなずいた。「だが、すっかり思い上がってしまった。愚かなことに……」

（彼らはうつぶせのまま、惨めに土を嚙み、横たわっていた。そして烏の群れが、名誉なき死者たちの上を飛び回っていた。太陽だけが彼らを憐れんで、その動かぬ背中を温め、恥ず

べき傷の血を乾かしていた)

ホルム・エル＝ハガルを訪れた王

Il re a Horm el-Hagar

これは、ホルム・エル＝ハガルと呼ばれる土地で、王の谷の奥にあるメネフタ二世の宮殿の発掘現場で起きた出来事である。

発掘を指揮する頭脳明晰な初老の考古学者ジャン・ルクレールは、遺跡管理庁の事務官から一通の手紙を受け取った。手紙は、外国人で高名な考古学者であるマンドラニコ伯爵が表敬訪問に訪れることを知らせていて、伯爵に最大限の敬意を払われたい、とあった。

ルクレールは、マンドラニコという名の考古学者に覚えがなかった。おそらく、研究者としての実績によってではなく、高い地位にある親戚でもいて、そのおかげで遺跡管理庁に口利きしてもらうことができたのだろうと彼は考えた。だが、そうだとしても、ルクレールがうんざりすることはなかった。彼の同僚は休暇で留守にしていて、この十日間ルクレールはひとりだった。この人里離れた場所で、多少なりとも遺跡に関心のある人間に会えると思えば、うっとうしく思うことはなかった。彼は礼儀正しい人物だったので、部下をアカミムまで軽トラックで買い出しに遣った。そして、発掘現場全体を見渡せる木造りの東屋にちょっとした優雅な食事を用意した。

夜明けにはほどほどの期待を抱かせるものの、日が昇るにつれてそれも消えてゆく、砂漠の暑く厳しい夏の、その日の朝がやってきた。

ちょうどその前日、二番目の中庭の端の、崩れた柱が乱雑に折り重なったところで、何世紀もの闇の中から、ひとつの石柱が出土した。そこに刻まれた碑文は、これまで謎に包まれてきたメネフタ二世の王国について語っていて、それゆえ非常に興味深いものだった。『北の地方の名前を持つ王たちは、沼地から二度やってきて、生命、健康、力であるファラオの前にひれ伏した』おそらく碑文は、かつて反抗していたナイル川下流の土豪たちがファラオに服従したことに触れていた。『そして打ち負かされし者たちは、神殿の扉の前でファラオを待った。油の香りのする新しいかつらをかぶり、手には花の冠を持っていた。だが、その目はファラオが放つ光に耐えられず、四肢は王の命ずるままに動き、王の声は彼らの耳を聾(ろう)し、アモンの息子であり、生命、健康、力であるメネフタの輝きに彼らは言葉を失った……』前の晩、灯油ランタン(ペトロマックス)の明かりのもとで解読できたのはそこまでだった。

ルクレールはいまではもう、学会での成功や名声には惹(ひ)かれていなかったが、それでも、その発見は彼に心からの喜びを与えた。

彼は、そこからでは見えないが、河が流れている東のほうを、自動車の轍(わだち)がどこまでも続く砂まみれの岩の台地の風景の中に消えてゆくあたりを眺めながら、まるで隣人によい知らせを伝えるかのように、未知の客にその発見を伝える喜びを前もって味わっていた。

そのとき——まだ八時前だったが——遠くで、うっすらとした砂煙の渦が地平線から立ち上り、いったん消えたかと思うと、ふたたび高くしっかりと舞い上がり、動きのない澄み切った大気の中で揺らめくのが見えた。やがて、風がルクレールの芸術家風の白い髪をかき乱すなか、エンジンのうなる音も聞こえてきた。外国人の客を乗せた車が到着しようとしていた。

ルクレールは手をたたき、駆けつけた数人のエジプト人の人夫に指示を出した。二人が囲いの入り口に走り、がっちり閂のかかった門を開けた。まもなく自動車が中に入った。すぐに外交官プレートに気づいたルクレールは、軽い失望を感じた。車はほとんど彼の前で止まり、まず上品な感じの若者が降りてきた。その若者をルクレールは以前カイロのどこかで見かけたことがあった。それから、褐色の肌の、落ち着いて、しかつめらしい雰囲気の紳士。そして最後に、まったく無表情なカメに似た顔の、痩せて小柄な老人——ルクレールはこの人物が客だとわかった——が苦労しながら車から出てきた。褐色の肌の紳士に支えられながら車から降りたマンドラニコ伯爵は、杖をつきながら発掘現場のほうに歩き出した。ルクレールは恰幅もよく、ゆったりとした白い服を着ていて、その場でよく目立っていたにもかかわらず、そのときまで、誰もルクレールには気づかなかった。ようやく、まず若者が近づいてきて、フランス語で話しかけ、彼（王宮警備隊のアフゲ・クリスタニ中尉）とファンティン男爵（褐色の紳士）は、この「きわめて重要な」訪問のために、マンドラニコ伯爵のお供をさせていただく名誉にあずかったのだということを伝えた（それにしても、なぜこれほどまでにもったいを付けるのだろう）。

このときルクレールは、突然、客が誰だかわかった。エジプトの新聞には、カイロで亡命生活を送っている、その外国人の王の写真が度々載っていた。高名な考古学者？　詰まるところ、それは嘘ではなかった。若い頃、彼はエトルリア学に高い関心を示していて、その研究を公的に支援していたことを、エジプト学者は思い出した。

だから、ルクレールは、いくぶん当惑を感じながら前に進み出て、軽く会釈をした。彼の人なつっこい顔がかすかに赤らんだ。客は、生気のない笑みを浮かべて、何かつぶやきながら手を伸ばした。そこで、あらためて紹介がなされた。

すぐにふだんの自信を取りもどしたルクレールは、「さあ、こちらです。伯爵様。すぐに見学を始められたほうがよろしいかと。暑さが厳しくなる前に」と道案内をはじめた。落ち着き払った様子のファンティン男爵が伯爵に腕を貸そうとしているのを目の端で見た。けれども老人は怒ったようにそれを拒むと、ひとりで、ちょこちょことおぼつかない足取りで歩き出した。若いクリスタニは、白い革の鞄（かばん）を小脇に抱えてすぐあとをついていった。あいまいな笑みを浮かべていた。

一行は岩棚の縁までやってきた。そこからは、驚くべき正確さで垂直に切り立った二つの崖のあいだを、長い下り斜面が続いていた。窪地の底には、非常に幅が広くて平らな溝のようなものが掘られていて、その中央部分には、古代の王宮の正面を形作っていた、壊れた列柱が微動だにせず立ち並んでいた。さらにその奥のほうには、壁のまっすぐな角や、幾何学的な影や、アトリウムや黒い長方形の扉口が、見たところ乱雑に続いていて、死に絶えた風景のように見えても、かつてここが人間の王国であったことを示していた。

ルクレールは、礼儀正しい控えめな口調で、発掘作業の難しさを説明した。発掘が始まる前は、すべてが列柱や一番大きな破風のてっぺんまで砂と瓦礫の下に埋もれていたこと。だから、宮殿のもとの地面に達するには、場所によっては二十メートルもの深さになるため、大量の砂や瓦礫を掘り上げ、取り除き、運び去らなければいけなかったこと。そして作業はまだ半分しか終わっていないことなどを。

「え、はくすは、ほのくわいあえに、はじいあたのか？……」マンドラニコ伯爵が、口を奇妙な具合にパクパクさせながら、甲高い声でたずねた。

ルクレールはひと言も理解できず、落ち着き払っている男爵にちらりと目を遣り、助けを求めた。男爵はその種の障害には慣れているらしく、顔色ひとつ変えずにすぐさま説明した。

「伯爵様は、発掘がどのくらい前に始まったのかお知りになりたいのです」そして、その言葉には、年老いた王がそんなふうにしゃべるのは当然であり、それに驚くのは愚かなことだとでも言うような、どこかあざ笑うような感じがあった。

「七年前からです、伯爵様」ルクレールは、心ならずも少々気後れを感じながら答えた。「私が発掘調査の許可を取ったのです……さあ、こちらへ。ここから降りるほうがいいです。唯一歩きづらい場所なので」険しい急斜面を前にした老伯爵の当惑を察したように、ルクレールは言った。

男爵がふたたび腕を貸そうとした。今回は拒絶されなかった。男爵は伯爵の歩調に合わせながら斜面に向かった。ルクレールも気を遣って非常にゆっくりと進んだ。下り坂は急だった。空気はますます暑くなり、影は短くなっていた。伯爵は少し左足を引きずっていた。白い革靴が砂まみれになった。溝の端のほうから、木槌で打つようなリズミカルな音が響いて来た。

底まで着くと、作業現場の仮小屋は溝の縁に隠れて、見えているのは古代の大きな石材と、周囲の石灰のように白くてもろい切り立った崖だけだった。崖は、西側で徐々に高くなって本物の山のようになっていたが、その山も、覆うものとてなく、いまや陽射しに照りつけられていた。

ルクレールは丁寧に説明しつづけ、マンドラニコ伯爵は口をはさむことなく、時々、機械的に顔を上げて、小さくうなずいていた。だが、まるで聞いていないかのようだった。入り口を形作る列柱。体の一部が欠けている、人間の顔をしたスフィンクス。神々や王の姿が刻まれていたと思われるが、歳月によって半ば摩滅してしまった繊細な浅浮き彫。山岳のように謎めいていて、人間のまなざしに何も答えようとはしない古代の垂直な城壁。

そのとき外国人の客人は、空の上に、アフリカの中心部からゆっくりと流れてくるいくつもの雲を見た。雲はみな、刃物でスパッと切り落としたように上の部分と下の部分が欠けていて、側面だけが柔らかくふわふわした渦を巻いていた。子どもじみた好奇心から、伯爵は杖でその雲を指し示した。

「砂漠の雲です」ルクレールは説明した。「頭もなければ、足もない……まるで二つの蓋ではさんで押しつぶしたようでしょう？」

ファラオたちのことを忘れて、伯爵はいっとき雲を見つめていた。それから、ぱっと男爵のほうを向いて何かたずねていた。男爵は困惑した顔で、落ち着きを失うことなく、長々と詫びていた。どうやら、ファンティンはカメラを持ってくるのを忘れたらしかった。老人は苛立ちを隠そうともせずに、彼に背を向けた。

一行は、完全に崩れてしまっている最初の中庭に入った。シンメトリカルに並んだ石と瓦礫だけが、かつて列柱や壁が建っていた場所をおおまかに示していた。だがその奥には、角が傾斜した、飾り気のない重々しい二つの低い塔とさらに一段低い壁が繋がってできた塔門が残っていて、その扉口が開いていた。それは、宮殿の内側の切り妻壁だった。ルクレールは、二つの壁一面に浅浮き彫で描かれた、二つの巨大な人間の像に注目させた。悠然と戦に臨むファラオ、メネフタ二世だった。

丈の長い白いチュニクを身にまとい、タルブーシュをかぶったひとりの年寄りの男が神殿の内部から進み出て、ルクレールに近づき、興奮した様子でアラビア語で話しかけた。ルクレールは笑みを浮かべ、頭を振りながら答えていた。

「あのう、何と言っているのですか？」興味を引かれたクリスタニ中尉がたずねた。

「助手のひとりです」ルクレールは答えた。「ギリシャ人で、いまではもう私よりも古株です。三十年以上も発掘作業にたずさわっていますから」

「で、何かあったのですか？」会話を断片的に聞き取ったクリスタニはさらにたずねた。

「いつものことです」ルクレールは言った。「今日は神々がざわついていると言うんです……ことが思うようにうまく進まないときにはいつもそう言うんですよ……人力ではどかせない岩があって、それがレールからずり落ちて、もう一度巻き上げ機を使って載せ直さないといけなくなったんです」

「神々がざわついているとな……へっ……へっ……」何を思ったのか、にわかに元気を取りもどしたマンドラニコ伯爵が声を上げた。

一行は、二番目の中庭に入った。そこも完全に廃墟だった。ただ右側には、巨大な支柱がいくつかまだ立っていて、崩れて輪郭のぼやけた恐るべき彫像が突き出ていた。奥では、二十人ほどの人夫が作業をしていたが、お偉方のお出ましに、にわかにやる気が出てきたかのように、ことさら熱心さを装って、大声を掛け合いながら立ち働きはじめた。

外国人の王はまだ砂漠の奇妙な雲の群れを眺めていた。それらは漂いながら集まって、ひとつのどっしりと重たげな大きな雲になろうとしていたが、雲の塊は動こうとはしなかった。西側の山の白っぽい岩棚の上を、影が通り過ぎた。

ルクレールは、こんどは助手とともに、客たちを右手の翼廊のひとつに、建造物が良い状態にある唯一の場所に導いた。それは死者の礼拝堂で、まだ屋根が残っているものの、あちこちで石が欠けていた。一行は日陰に入った。伯爵が厚手のヘルメット帽を脱ぐと、汗をぬぐえるように、男爵がすばやくハンカチを差し出した。灼熱（しゃくねつ）の陽射しが隙間から光の帯となって射し込み、そこここで浅浮き彫を照らし、浮かび上がらせていた。周囲は、薄闇と静寂と神秘に包まれていた。両側の、薄暗がりの中に、玉座に座った大きな像がいくつか垣間見えた。あるものは頭がなく、あるものは手足が欠けていた。だが、そうした像も、腰から下は、王の暗く厳しい意志を示していた。

ルクレールは、そのうちのひとつを、両腕はないが頭はほぼ無傷の像を指さした。獰猛（どうもう）で邪（よこしま）な顔をしていた。近寄ってみた伯爵は、鳥の顔であることに気づいた。ただ、くちばしの先が欠けていた。

「これは非常に興味深い像です」ルクレールは言った。「トート神です。少なくとも、第十二王朝に遡（さかのぼ）ります。そして、ここに運ばれたということは、貴重なものだと考えられていたにちがいありません。ファラオたちは、この神にたずねにきたのです……」ここで彼は話すのをやめ、耳を澄ますように静止した。じっさい、どこから聞こえてくるのか、サラサラという鈍い音がしていた。

「何でもありません。砂です。いまいましい砂です。われわれの敵です」ルクレールは落ち着きを取りもどすと話を再開した。「失礼いたしました……王たちは戦に出発する前に、この像に助言を求めたと言われています。一種の神託です……もし像が動かなければ、答えは『ノー』……そして、もし頭を動かせば、『イエス』です……時には、像は言葉をしゃべったそうです……どんな声だったのか……ただ、王たちだけがその声に耐えることができました……なぜなら王たちも神だったからです……」ここでルクレールは、ひょっとしてへまをやらかしたかと心配しながら振り返った。だが、マンドラニコ伯爵は、予想外の関心を示して像を見つめ、杖の先で、堅さを確かめるかのように、斑岩の台座に触れた。「れわ、ほうはしは、ひすもんをすに、ひたのか？」やがて、伯爵は疑うような口調で質問した。

「伯爵様は、王たちは直に神に質問しに来たのかとたずねておられます」ルクレールは一言も理解できなかったにちがいないと察した男爵が通訳した。

「そのとおりです」考古学者は満足げに答えた。「そして、言い伝えによれば、トート神はそれに答えたそうです……さあ、この奥に、さきほどお話しした石碑があります……それをご覧になるのはあなた方が初めてです……」

ルクレールは、少々芝居がかった、ゆったりとした動作で両腕を開いてみせたが、そのまま動きをとめて、ふたたび耳を澄ました。

みな、思わず沈黙した。さきほどのサラサラという音が、不可解にも、そこらじゅうから聞こえてきた。まるで、長い時間をかけてじわじわと聖所を包囲し、ふたたび埋めもどそうとしているかのようだった。

陽射しはますます角度を高め、いまでは物の角に平行に、ほとんど垂直に差し込んでいた。だがその光は、空が雲で覆われたかのように、いくぶん弱かった。

ルクレールが説明を再開すると、男爵は腕時計に目を遣った。十時半だった。地獄のような暑さだった。

「ひょっとして、予定の時間を過ぎてしまいましたか？」ルクレールは愛想よくたずねた。「十一時半に昼食をご用意するつもりなのですが……」

「昼食？」伯爵は、ファンティンのほうを向きながら、素っ気ないものの、ようやく理解できるしゃべり方で言った。「わしらは出発せねばならん……おしょくても十一時には。おしょくても……」

「それでは、昼食は召し上がってはいただけないのでしょうか？……」ルクレールはがっかりして言った。

男爵は、丁重な物言いでその場を取り繕った。「私たちは大変に感謝しております……じつに感動いたしました……ですが、予定がございまして……」

考古学者は、特別な思い入れのある多くの事柄に触れることをあきらめて、しぶしぶ説明を端折った。そして、一行は引き返した。陽射しは翳っていた。赤茶けた雲が空に広がり、空気は瘴気を含んでいるかのようだった。途中、伯爵がファンティンに何ごとかつぶやいた。男爵は伯爵を残して、先に進んだ。老人は小用を足したいのだろうと思って、ルクレールはほかの二人と出口に向かった。伯爵は、古代の像のあいだにひとり残された。

囲いから出ると、ルクレールは空をしげしげと眺めた。奇妙な色をしていた。そのとき、手のひらに水滴が当たった。雨だった。

「雨だ!」彼は叫んだ。「この三年間、一滴も降らなかったのに!……古代では悪いしるしだった……雨が降ると、ファラオはすべての事業を中止したのです……」

異例の出来事を神殿の中に残った伯爵に知らせようと、ルクレールは振り向いた。そして伯爵を見た。トート神の像の前に立っていた。声は届かなかったが、伯爵が例のカメのような奇妙な仕方で口をパクパクさせているのがはっきりと見えた。

ひとり言をつぶやいているのだろうか? それとも本当に、大昔のファラオのように神に問いかけているのだろうか? だが、何をたずねるというのか? 彼はもう、戦を戦うことも、法律を発布することもできない。計画や夢を抱くことも。彼の王国は、海の向こうで永久に失われてしまっていた。人生のよきことも悪しきことも尽き果ててしまっていた。いまでは無用な惨めな日々しか、最後のわずかな道のりしか残っていなかった。それでは、いかなる執着から神々に問いかけようとしたのか? それとも、耄碌して、何が起こったのかもう憶えていないのだろうか? まだ古き良き時代に生きていると思い込んでいるのだろうか? あるいは、冗談のつもりだろうか? だが、そんなタイプには見えないが。

「伯爵様」急に不安になってルクレールは声を上げた。「伯爵様、行きましょう……雨が降りはじめました」

遅すぎた。神殿の内部から、恐るべき音が聞こえてきた。ルクレールの顔から血の気が失せ、ファンティン男爵は思わず一歩あとずさり、若者の腕から白い鞄が滑り落ちた。雨はやんでいた。

中が空洞の木が転がるような、悲しげな太鼓のような音が、トート神の礼拝堂のすぐそばから響いていた。それから音はさらに大きくなり、陰にこもったうめき声のような、子どもを産むときのラクダの鳴き声に似た、いやそれをもっとひどくしたような音に変わった。その音にはぞっとさせるものがあった。

マンドラニコ伯爵は、身じろぎもせずに見つめていた。あとずさりしたり、逃げようとしたりとするそぶりは見せなかった。先の欠けたトート神のくちばしは開いて、口許にあざ笑いを浮かべていた。二つのくちばしがパクパクと激しく動いていた。像のほかの部分はまったく生命の気配がなくじっと動かないだけに、なおさら恐ろしかった。そしてくちばしから声が出た。

神が話していた。静寂のなかで、しわがれた呪いの言葉が――そう思えたのだが――陰鬱（いんうつ）に響いていた。

ルクレールはもはや動けなかった。得体の知れない恐怖が彼を捉え、心臓が飛び出しそうだった。では、伯爵は？　どうして彼は平気なのか？　彼も王だからか？　いにしえのファラオたちのように、神の言葉によって傷つかない身だからか？

だが、声はもう、つぶやきに変わり、弱まり、消えてゆき、あとに恐ろしい静寂を残した。そのときようやく、老伯爵は動き出し、頼りないちょこちょことした歩みで出口に向かった。動揺した様子も、怯えた様子もなかった。恐怖を感じて彼を見つめるルクレールに近づくと、首を振りながら言った。

「すばらしい仕掛けじゃ。じつにすばらしい……じゃが、残念なことに、ばねが壊れておるようじゃ……しゅかりとこていしゃんと……」

けれども、こんどばかりは男爵も、その言葉の最後をすぐに通訳しようとはしなかった。彼もまた、この世界の神秘に耳を閉ざし、神が彼に話しかけたことさえ理解できないほど耄碌した哀れな老人にあきれ果てて、黙していたのだった。

「ですが、伯爵様」何か悪いことが起こるのを漠然と予感しながら、ルクレールはようやく口を開いた。「お聞きになったでしょう？」

しわだらけの君主は、威厳のあるしぐさで顔を上げた。「ほろかな！　ほろかな！」（『愚かな』と言っているのだろうか？）それから、突然厳しい顔つきになると、言った。「車のしゅんひはできとるか？　ほくれておるぞ、ほくれて……ファンティン、はにをしゅておる？」腹を立てているようだった。

冷静さを取りもどしたルクレールは、悲嘆とも憎悪ともつかぬ奇妙な感情を抱きながら、彼を見つめた。だがそのとき、一斉に悪態をつく声が、発掘現場の端のほうから聞こえてきた。人夫たちが、狂ったように叫び、神殿の奥から助手が、大声で叫びながら、大あわてで駆けてきた。

「何と言っている？　何が起きたんだ？」動揺したファンティンがたずねた。

「土砂崩れです」若いクリスタニが通訳した。「人夫のひとりが生き埋めになったのです」

ルクレールは拳を握りしめた。どうして伯爵は立ち去らないのか？　まだわからないのか？　なんだって、何千年ものあいだ眠ったままだった魔法を目覚めさせたりしたんだ？

じっさいには、マンドラニコ伯爵は、足を引きずるように斜面を上りながら、立ち去ろうとしていた。同時に、ルクレールは、周囲の焼けついた崖で砂が動いているのに気づいた。あちこちで小さな地崩れが起き、用心深い動物のように静かに動いていた。砂は次々と押し寄せるように、台地から台地へと移動し、小さな谷や溝や裂け目へ流れ落ち、止まったかと思うとまた動き出し、掘り起こされた遺跡に向かって這い進んでいた。けれども、風はそよとも吹いていなかった。

車のエンジンをかける音だけが、しばしのあいだ確かな現実に思えた。別れの挨拶と感謝の言葉は形だけのものだった。無表情な伯爵は急いでいた。人夫たちが叫んでいるわけをたずねることもなければ、砂も見ていなかった。真っ青な顔のルクレールを気にも留めなかった。車は囲いから出ると、轍の上を埃の渦を巻きあげながら走り去り、見えなくなった。

遺跡の縁にひとり残されたルクレールは、いま、自分の王国を見つめていた。砂は、神秘的な力に突き動かされて、崩れつづけていた。人夫たちも我先に宮殿をあとにし、怯えた様子で逃げまどい、どこへともなく消えていった。白い作業着を着た助手は、そこらじゅうを走りまわって、怒声を上げながら彼らを引き留めようとしていたが、無駄だった。やがて彼も沈黙した。

そして、前進してくる砂漠の声が、サラサラいう音が無数に重なった低い合唱が聞こえてきた。すでに小さな砂の流れが斜面を下り、一番手前の柱の根元に達し、さらに押し寄せてきた第二波があっという間に台座全体を埋めてしまった。

「なんてことだ」ルクレールはつぶやいた。「なんてことだ」

ラブレター

Una lettera d'amore

商社を経営する三十一歳のエンリーコ・ロッコは、恋に落ちて、彼のオフィスに閉じこもっていた。彼女への想いは強まるばかりで、それは狂おしいほどだったので、彼は勇気を出すことにした。彼女に手紙を書こう。誇りと恥ずかしさを一切かなぐり捨てて。

『拝啓』と彼は書き出した。紙にペンで記された文字が彼女の目に触れるのだと思うだけで、心臓が激しく高鳴った。『いとしき人、いとしき魂、光、わが身を焼き尽くす炎、夜ごとの苦しみ、微笑(ほほえ)み、かわいらしい花、愛する人……』

メッセンジャーボーイのエルメーテが入ってきた。「失礼します、ロッコ様、あちらに男性のお客様がお見えですが。（名刺を見て）えーっと、マンフレディーニさんとおっしゃいます」

「何、マンフレディーニだと？　聞いたことのない名前だな。それに、私はいま忙しい。大急ぎの仕事を抱えているんだ。明日か、あさってにでも、出直してもらえ」

「あのう、ロッコ様、仕立て屋だと思いますが。きっと仮縫いのために来たのでしょう……」

「ああ……マンフレディーニか！　明日、出直すように言ってくれ」

「かしこまりました。ですが、先方はあなたに呼ばれてきたのだとおっしゃっていますが」

「そう、そうだった……（ため息をつく）……では、通せ。だが、さっさと済ませるように伝えろ」

仕立て屋のマンフレディーニが服を持って入ってきた。いわゆる仮縫い用の服だ。ロッコはすばやく服を着込み、仕立て屋がチャコで二、三箇所に印をつけると、すぐに脱いだ。

「申しわけありません。非常に急を要する仕事を抱えていましてね。では、ごきげんよう、マンフレディーニさん」

彼は飢えたように事務机にもどり、ふたたび手紙を書きはじめる。『清らかな魂、いとしい人、いまこの瞬間、きみはどこにいるの？　何をしているの？　僕の想いはこんなに強いから、僕の愛がきみに届かないはずはない。たとえきみがどんなに遠くに離れていても、僕にはまるで海のかなたの離れ小島に思える、町の反対側にいても……』（書きながら、彼は思った。おかしな話だ。どうしたわけだろう？　私のような実際的な人間が、会社の経営者ともあろう者が、突然こんなものを書きはじめるなんて？　もしかして、頭が変になったのか？）

そのとき、そばの電話が鳴りはじめる。まるで、冷たい鉄ののこぎりで背中をさっと挽かれたような気がした。彼はあえいだ。

「もしもし?」

「チャーオオオ」締まりのない甘ったるい女の声が答えた。「大きな声ねえ……間が悪かったかしら?」「どちら様でしょう?」彼はたずねた。「まあ、あなたったら、今日はご機嫌ななめなのね……」「どなた様ですか?」「でも、せめて……」彼は受話器を置き、ふたたびペンを握った。

『ああ、愛しい人。外は霧だ。湿っぽくて、冷たくて、ナフサや毒気を含んだ……。でも、知ってるかい? 僕は霧をうらやんでいるってことを。できるものなら、すぐにでも霧と入れ替わ……』

ジリン。電話が鳴った。まるで二十万ボルトの電気が流れたかのように、彼はびくっとした。「もしもし?」「まあ、エンリーコったら!」さきほどの声だった。「あなたに挨拶しようと思ってわざわざ町に出てきたのよ。それなのに、あなたったら……」

予期せぬ災難を呪いながら、彼は答えるのをためらった。従妹のフランカだった。しっかり者で、かわいい娘だ。そして、何を思ったのか、数か月前から彼にときどき言い寄っていた。女ってやつはありもしないロマンスを夢見るのが得意だから。とはいえ、体よく田舎に追い返すわけにもいくまい。

それでも彼は抵抗した。何としても手紙を書き上げるのだ。それが、彼の心を焼く炎を鎮める唯一の方法だった。オルネッラに手紙を書きながら、彼はなんだか彼女の生活に入り込んでいくような気がした。おそらく彼女は最後まで手紙を読むだろう。おそらく手紙はハンドバッグの中にしまわれるだろう。彼がとりとめのない言葉を詰め込んだ紙は、おそらく数時間後には、彼女そのもののような、優雅でいい匂いのするこまごまとした物、口紅や、刺しゅう入りのハンカチや、その他の心をかき乱すほどに個人的で謎めいた小物類と触れ合うことだろう。けれどもいま、フランカがそれを邪魔しているのだ。

「ねえ、エンリーコ」彼女は間延びした声でたずねた。「あなたのオフィスに迎えに行ってもいい?」「いや、だめだ。勘弁してくれ。いまは山ほど仕事を抱えているんだ」「そう、私に会いたくないなら、はっきり言って。いまの話はなかったことに。さようなら」「おいおい、気を悪くしたのか。仕事があると言っただけだろう。そうだな、じゃあ、あとで来てくれ」「あとって、いつ?」「うーん……二時間後に」

彼は叩きつけるように受話器を置いた。取り返しのつかない貴重な時間を失ったように思えた。手紙は一時には投函しないといけない。さもないと、届くのが翌日になってしまう。いや、だめだ。速達で出そう。

『……すぐにでも霧と入れ替わるだろう』彼は書く。『そうすれば、霧になった僕はきみの家を取り巻き、きみの部屋の前でたゆたい、もし霧に目があるなら——たぶん霧にも目があるんじゃないかな——窓を通してきみを眺めることができるから。そして、隙間を、ほんの小さな入り口を見つけて中に入ってもいいかい？　かすかなそよぎが、綿のように柔らかくてやさしい息が、きみをなでても？　こんなふうに、霧ならたやすいことだ。愛には……』

メッセンジャーボーイのエルメーテがやってきた。「すみません……」「言っただろう。急ぎの仕事があるんだ。おれは誰にも会わん。夕方になって出直すように伝えろ」

「ですが……」「ですが、何だ？」「下で、功労勲章受勲者（コンメンダトーレ）のインヴェルニッツィ様が車で待っておられます」

くそっ、インヴェルニッツィか。ボヤのあった倉庫の現場検証に立ち会わなきゃいけないんだった。専門家と落ち合って。いまいましい。うっかりしていた。すっかり忘れていた。ええい、仕方がない。

ちょうど胸骨のあたりに感じる、胸を焦がす痛みは、もう耐えがたいほどになっていた。仮病を使うか？　いや、それはできない。このまま手紙を出すか？　いや、まだ書きたいことがたくさんある。とても大事なことが。彼は肩を落として、手紙を引き出しにしまうと、外套（がいとう）を取って出ていった。さっさと済ませるしかない。うまく行けば、三十分後にはもどってこられるだろう。

一時二十分前にもどった。待合室をちらっとのぞくと、三、四人の男が腰を下ろして待っていた。ため息をつきながら、オフィスの扉を閉め、事務机の前に座ると、引き出しを開けた。手紙はなかった。

心臓がドキンとして、息が止まりそうになった。誰かが引き出しの中を探ったんだろうか？　それとも、間違えたのか？　勢いよく、他の引き出しをひとつずつ開けていった。

やれやれ、勘違いだった。手紙はあった。だが、一時までに投函するのはもう無理だ。なんとかなる――（こんな取るに足らないことで）心は千々に乱れ、不安と期待が交互に押し寄せてきて彼をくたくたにさせた――大丈夫、速達で出せば、午後の最後の配達に間に合う。それとも……エルメーテに渡して、持っていかせるか。いやいや、こういうデリケートな事柄にメッセンジャーボーイを関わらせないほうがいい。自分で持っていこう。

彼は手紙の続きを書こうとした。『……愛には距離なんて問題にならない。万里の長城だって……』

ジリン。電話が激しく鳴った。ペンを握ったまま、左手で受話器をつかんだ。

「もしもし？」「もしもし、トラッキ閣下の秘書ですが」

「何でしょう？」「ケーブルに関する輸入許可の件で……」

体がこわばった。大きな取引だった。彼の将来がかかっていた。議論は二十分間続いた。

『……乗り越える。ああ、愛しいオルネ……』

メッセンジャーボーイがふたたび部屋にやってきた。彼は罵声を浴びせた。「わからないのか？　おれは誰にも会わないというのが」「ですが……」「誰にも、誰にもだ！」怒り狂って叫んだ。「国税庁の調査官が面会の約束をしているとおっしゃっていますが」力が抜けていくのを感じた。国税庁の調査官を追い返すなど、狂気の沙汰、自殺行為、身の破滅だ。彼は調査官を迎えた。

一時三十五分。向こうでは、四十五分前から従妹のフランカが待っている。それから、はるばるジュネーヴからやってきたシュトルツ技師、荷揚げ作業員に関わる訴訟を担当する弁護士のメッスメーチ。そして毎日注射を打ちに来る看護師。

『ああ、愛しいオルネッラ』彼は、次々と押し寄せる大波をかぶってもみくちゃにされる遭難者のような絶望的な気分で手紙を書きつづけた。

電話が鳴る。「商務省のスタッツィです」また電話。「組合連合の秘書です……」

『ああ、愛しいオルネッラ。きみに知って……』

メッセンジャーボーイのエルメーテが部屋にやってきて、副知事のB氏の来訪を告げた。

『……もらえたら……』と彼は書く。

電話が鳴る。「統合参謀本部長官だが」ふたたび電話。「大司教猊下の特別秘書です……」

『……僕がいつきみに……』彼は熱に浮かされたようになりながら、最後の気力を振りしぼって書く。

ジリン、ジリンと電話が鳴る。「控訴院の裁判長だが」もしもし、もしもし！「わしは、最高議会のコルモラーノ議員じゃが」もしもし、もしもし！「吾輩は皇帝陛下の第一副官である……」

彼は波に呑まれ、押し流されていった。

「もしもし、もしもし！　はい、私です。ありがとうございます、閣下、たいへん感謝いたします！……はい、すぐに、直ちに、はい、将軍閣下、間違いなくご用意させていただきます。誠にありがとうございます……もしもし、もしもし！　もちろんです、陛下、もちろんでございます。謹んで御意を承ります（放り出されたペンがゆっくりと机の縁まで転がっていき、ペン先がくるくる回りながら、まっすぐに落ちて、そこで止まった）……どうぞ楽になさってください。さあさあ中へ。いや、よろしければ、こちらの椅子にお掛けください。そのほうが座り居心地がいいですから。ああ、なんという思いがけない名誉でしょう。もちろんです。そのとおりでございます。ああ、ありがとうございます。コーヒーはいかがです？　タバコは？……」

いったいどれくらいのあいだ嵐は吹き荒れたのだろう？　何時間、何日、何か月、それとも何千年か？　夜の帳が降りる頃、彼はようやくひとりになった。

オフィスを出る前に、事務机の上に積み重なったメモ帳や書類のファイル、企画書や伝票の山を少し整頓しようとした。うずたかく積まれた書類の山の下に、手書きされた、レターヘッドのない便箋を一枚見つけた。自分の字だった。

興味をそそられて、読んでみた。『なんという馬鹿さ加減、なんと滑稽で愚かな。いったい、おれはいつこんなものを書いたんだ？』彼は、それまで感じたことのない不快と困惑の感覚とともに、むなしく記憶の中を探った。そして、いまでは灰色になった髪に手をあてた。『いつ、こんな馬鹿げたものを書く暇があったんだ？　それに、このオルネッラって誰だろう？』

五人の兄弟

I cinque fratelli

長旅からの帰り道、カラマサン公は、お供を連れて砂漠を横切っていた。そろそろ地平線のかなたに、彼が治める町の白い塔が見えてこようかという頃、岩の上に座した年老いた裸の隠者を目に留めた。隠者はガリガリに痩せていて、皮膚の下から骨が一本一本浮き出ていた。岩の周囲には巡礼者たちがいた。ひざまずいている者もいれば、そうでない者もいたが、たいていは頭に頭巾をかぶっていた。重い秘密を打ち明けにやってきた彼らは、顔を見せるのを恥じていたのだ。

信仰心の篤いカラマサンは、老隠者への奉仕を惜しもうとはしなかった。「隠者さま」彼は話しかけた。「あなたを元気にするように、おそらく神がここまで私を導かれたのです。大変な苦行を終えられて、水か食べ物か、何かご入り用なものはありませんか？」

「感謝します、公よ」隠者は答えた。「でも、慈悲深い神はこれまで飢えや渇きの苦しみを感じさせないでくれました。ですが、あなたに感謝の意を示すために、あることをお教えしましょう。あそこに、町のある方角に、砂煙が遠ざかっていくのが見えますか？」

カラマサンは目を凝らしたが、何も見えなかった。

隠者は言った。「あなたの目はあまり鋭くないようですな。でもいまは、そのことを議論して時間を無駄にしている場合ではありません。砂煙を上げているのは、ウブ・ムッルという妖術師、悪魔の化身です。やつはあなたの宮殿に向かって馬を走らせています。ついさきほど、やつがここを通り過ぎるときに、そんなに急いでどこにいくのだ、とたずねました。するとやつは答えました。カラマサンの館に行って、彼の五人の息子たちを奪うのだ。ウブ・ムッルがカラマサンの五人の息子たちが全員そろっているところを不意打ちすれば、地獄に連れ去ることができる定めなのでな。だが、五人のうちの一人でも欠けていたら、おれは彼らに一切手を出すことができない。そして今日は、息子たちが全員そろって父親のカラマサンの帰りを待っているのを知っている。だから、おれは彼らを奪うことができるのだと」

「ウブ・ムッルは、そのように言いました」隠者は話しつづけた。「悪魔は私には嘘はつけないのです。だから、気高き公よ、息子たちと無事に再会したければ、あなたの持ち馬のなかで一番足の速い馬にまたがって急いで帰りなさい。ウブ・ムッルは馬を飛ばしています。でも、あなたはもっと早く走らねばなりません。やつに追いつき、追い越し、先に館に着くのです」

胸がつぶれる思いでカラマサンは、忠告に対して隠者に礼を述べると、とびきり速い駿馬(しゅんめ)、その足の速さから『恋人の想い』と名付けられた、ペルシャ種のあお毛の若駒の背に飛び乗った。そしてお供の者たちを残したまま、公は、巡礼者たちが驚きの目を見張るなか、飛ぶように走り去っていった。

拍車を当てられて興奮した若駒は、砂漠をぐんぐん疾走した。だが、ウブ・ムッルの姿は影も形もなかった。そしてカラマサンがもうだめかと思いはじめたとき、地平線のかなたに、小さな砂煙が見えた。「頑張ってくれ、『恋人の想い』よ！」公は叫んだ。馬は、心臓が破裂しそうだったにもかかわらず、さらに速度を上げた。小さな砂煙は、小ぶりの雲くらいになり、さらに濛々とした大きな砂煙になった。ついにカラマサンは近くからウブ・ムッルの姿をとらえた。ウブ・ムッルは、黒っぽい肌で、野蛮人のように鞍をつけずに馬にまたがり、ごわごわした長い髪の毛を頭の後ろで旗のようになびかせていた。

苦しそうに走りつづけながら、いまや横に並んだ八つの蹄は砂漠の地表を激しく蹴り、その地響きは遠くまで聞こえるほどだった。だが公は、自分の馬がすでに力を出し切っていて、もう長くはもたないのをさとった。そこで、策を用いることにし、馬の耳に顔を近づけると、ささやいた。「どうか、最後のひと踏ん張りをして、あの騎手の前に出てくれ」はたして、若い馬は最後の力を振り絞って、ウブ・ムッルの前に出て、相手に砂埃を食らわせた。するとカラマサン公は、すばやく自分の長い銀のベルトを外し、それを自分の後ろに投げ捨てた。

ウブ・ムッルの馬はからみついたベルトに足を取られ、雷のようなドーンという音とともに、石ころだらけの砂漠の上に倒れた。

こうして悪魔を引き離した公は、先に着くためにもはや馬を全力で走らせる必要はなくなった。館に着くと、五人の息子たちが待っていた。彼らは、年齢順に名前の頭文字がアルファベット順になっていて、アンドレア、バルナボ、カリスト、ダリオ、エンリーコといった。型どおりの挨拶をすませると、公は彼らに言った。「息子たちよ、残念ながら、おまえたちとの再会を喜んではいられない。わしは、ここから歩いて半日ほどの砂漠の真ん中でひとりの隠者に会い、その隠者はわしにあることを教えてくれた」そして、息子たちに事情をすっかり説明した。

カラマサンが話を終え――そして、ウブ・ムッルが到着していないか、窓からちらりと通りを見遣ると――五人の息子たちは、いっしょにいるところを悪魔に襲われるのを恐れて、我先にと逃げ散っていった。「僕は山に行く」長男のアンドレアが言った。「僕は海辺に引きこもる」次男のバルナボが言った。そんなふうにほかの三人も別々の住まいを選び、けっして全員が集まることがないようにした。旅のあいだ、息子たちに会えることをあれほど楽しみにしていたカラマサン公は、数分後には、ふたたびひとりになった。痣だらけの、ぼろぼろの姿のウブ・ムッルが、さらにひどい状態の馬を手で引きながら、歩いて通りに姿を現すのを見たときも、ほんのわずかな慰めしか感じられなかった。

その日から、いつも仲のよかったカラマサンの五人の息子たちは、死を恐れて別々に暮らすようになった。ごくたまに会う時も、用心に用心を重ねて、けっして四人以上で出会わないようにした。父親はそのことを悲しんだ。

だが、歳月がその恐るべき速さとともに過ぎ去り、カラマサン公にも臨終の時が訪れた。死期が近いことをさとった彼は、使者に命じた。「五人の息子たちを呼びに行ってくれ。この世に別れを告げようとしている年老いた父親のもとに急いでくるように伝えるのだ」

五人の兄弟は手紙を使って相談し合った。瀕死(ひんし)の父親の枕元に集まっているところをウブ・ムッルに不意打ちされないようにするにはどうしたらいいだろう？　そして、こう決めた。全員の安全を図るために、くじ引きで選んだ、五人のうちの一人が、町から遠く離れたところに残ることにするのだ。くじ引きの結果、三男のカリストが残ることになった。

不幸なことに、カラマサン公は、老いと病のせいで記憶が怪しくなっていた。そのため、隠者の警告ももう思い出せなかった。ベッドのまわりに息子たちのうちの四人しかいないのを見て、こう言った。「アンドレア、バルナボ、ダリオ、それにエンリーコがいるな。だが、カリストの姿がない。カリストはどこだ？　年老いた父親の死などどうでもいいと言うのか？」

長男のアンドレアが説明しようとすると、ほかの者たちが肘でつついた。長男は口をつぐんだ。するとカラマサンは、彼らがここにいないカリストを弁護できないのだと思って、痩せた手を上げて、言った。「カリストは、息子としての神聖な義務を果たさなかった。ゆえに、彼の相続権を奪う。わしの財産は、おまえたち四人のあいだで分けるがよい」それから、諸々の助言を与えたあとで、最後の息を引き取った。

ことの次第を知ったカリストは、人を遣って兄弟たちを問いただした。「どうして父上に、僕がいなかったわけを説明してくれなかったんだ。そうすれば、父上から不当な叱責を受けることもなかったのに。ともかく、僕の相続分はいつ受け取れるのか、教えてくれ」すると兄弟たちは答えた。「相続分だって？　父上はきみの相続権を否定したんだ。証人だって大勢いるんだからな」彼らはカリストには一文もくれてやらなかった。

哀れなカリストの悲しみと怒りは凄まじく、彼から理性をすっかり奪ってしまった。困窮した彼は略奪を行うようになり、自分の命を犠牲にしても、兄弟たちがいっしょにいるところを不意打ちしてやると決意した。五人そろえば、ウブ・ムッルが自分たちを連れ去りに来るだろうから。

ほかの兄弟たちは彼を恐れはじめた。それまで以上に兄弟で会うことが少なくなった。そればかりか、一度に三人以上は集まらないようにした。もし四人が集まったところにカリストが乗り込んでくれれば、死の数字が完成してしまうからだ。

だが、それでも安心できなかった。しだいに兄弟たちは、たとえ相手がひとりであっても、会うことを嫌いはじめた。危険はひとりの存在から始まると思ったからだ。ある場所から別の場所に移動する必要があるときには、移動先に兄弟のひとりがいないかどうか、召使いたちを派遣して確かめさせた。もしも誰かがいれば、移動をあきらめた。

こうして兄弟同士で憎み合う気持ちが生まれた。だが、そうした不安な生活の中で、唯一の希望が残っていた。つまり、兄弟のうちの誰かがいなくなればいいのだ。そして、出会うことの不安に、さらに忌まわしい、殺されるかもしれないという心配が加わった。彼らは互いに、策略をめぐらせ、罠(わな)を仕掛け、毒を盛ろうとした。

とうとう、先の見えない惨めな生き方に耐えきれなくなった長男のアンドレアが、ある日、隠者に助言を求めに砂漠にやってきた。砂漠で彼は岩を見つけ、岩の上には行者が座っていた。けれども、それは、父親が話していたような老人ではなく、穏やかに微笑(ほほえ)んでいる若者だった。彼のまわりには、頭巾をかぶった巡礼者たちがいた。頭巾をかぶっているのは、重い秘密を打ち明けるために来ていて、顔を見せるのを恥じていたからだ。

アンドレアは、若者のそばに寄って、お辞儀をするとたずねた。「尊き隠者さま、あなたがいま座っておられる場所にかつて座っていた年老いた隠者さまはどこに行かれたのでしょう？」そして彼に事情を説明した。

「不幸なお方よ」若者はためらうことなく答えた。「あなたの父君とあなた方、五人の兄弟は騙されたのです。あなたの父君が言葉を交わした老人は隠者ではありません。彼こそ、妖術師のウブ・ムッル、行者になりすました悪魔の化身だったのです。そして、父君が、できるだけ早く家に着こうと走り出したとき、悪魔は先回りし、馬を走らせる騎手の姿で現れたのです。彼は、あなた方に何かをする力など持ってはいませんでした。ただ、嘘をついて、あなた方のあいだに不和と憎しみの種を蒔いたのです。でも、今日は勝利の日です。さあ、アンドレア公、兄弟のもとに走っていって、彼らを抱きしめ、騙されていたことを明らかにするのです」

その言葉に、アンドレアは、天にむかって感謝の声を上げた。苦悩に終止符が打たれることになったからだ。その瞬間、話に耳をそばだてていた巡礼者たちのうちの四人が、頭巾を取り、同じように大喜びしながら、神を讃える歌を歌いはじめた。それから、四人のうちのひとりがアンドレアに近づいて、言った。「僕を抱きしめてくれ」彼はすすり泣きながら言った。「きみの弟のバルナボがわからないのか？」ほかの三人も同じようにした。

だが、お互いの顔を見た五人の兄弟は、喜びがすっかり消えてゆくのを感じた。離れ離れでいたあいだに、彼らはみな年老いてしまっていたからだ。恐怖と憎しみを抱きながら長く惨めな人生を生きてきて、それを埋め合わせる時間は残っていなかった。折しも、太陽は砂漠の地平線の向こうに沈もうとしていた。そして反対側からは、夜の闇がわき上がってきた。

最後の血の一滴まで

Fino all'ultima goccia di sangue

海賊どもが私たちの島に向かっているとの知らせが入ると、防衛委員会が設置され、私もそのメンバーのひとりに任命された。島は大海に浮かぶ孤島だったので、私たちは、やむなく、自分たちの力で事態に対処しなければならなかった。その当時の憲兵隊は貧弱で、ほとんどお飾り程度の旧式の武器しか装備していなかった。軍の守備隊は、交代のため不在だった。それでも、私たちは身を守らなければならなかった。そこで委員会は、島にある一族の屋敷で数年前から隠居生活を送っている名高い将軍、イマージネ閣下の助言を仰ぐことにした。

アントニオ・イマージネ将軍はもうかなりの高齢だった。古い砦の城壁の上に立って自ら防衛の陣頭指揮を執るなど考えられなかった。それでも、島では、誰もがその名を知っていた。彼なら、軍事に疎い私たちに貴重な助言を与えることができるだろう。声明でも出してくれれば、恐怖に打ちひしがれている市民の心を奮い立たせるのに役立つにちがいない。

面会を求めると、将軍は体調がすぐれない、との返事が来た。火急の用件であることを伝えて、ようやく将軍閣下は私たちとの面談を承諾した。ただし、疲れさせないように配慮すること、そして面会時間はできるだけ短くするように、と念を押された。

私たちは午後四時に、狭苦しいバッセ商館の上にのしかかるように建つ、陰鬱で尊大な感じのするイマージネ家の館に出向いた。召使いの案内で大階段を上った。大聖堂を思わせるガラス窓やぶ厚いカーテンのせいで家の中は薄暗く、そこらじゅうに電灯がともっていた。控えの間で、威厳があるものの、気づかわしげな表情の婦人が私たちを迎えた。彼女は忠告をくり返した。「お願いです……どうかご配慮ください……閣下はしばらく前からもう別人のようなのです……始終気持ちが高ぶっていて……要するに、具合がよくないのです……お会いになれば、おわかりになると思いますが……」そして、何かはわからぬが不吉なことをほのめかすように、しきりに私たち全員の顔を見まわした。それから、おもむろに扉を開けた。

そこは将軍の寝室だった。家具が置かれ、壁には壁布が張られていた。黒っぽくてどっしりとした家具、黒ずんで古風なダマスク織りの壁布、厚い絨毯、壁に掛けられたたくさんの肖像画と写真。おそらくプライベートなものを隠すためだろう、部屋の隅には二つの衝立があった。何もかもがきわめて整然としていた。ところが私たちは、入り口でぽかんと立ち尽くした。というのも、電灯に照らされた真っ白なベッドは空っぽだったからだ。そして、部屋の中には誰も見当たらなかった。

と、そのとき、白い上下のシーツのあいだで、小動物のような灰色の小さなものが動いた。近づいてみると、一羽の鳥だった。大きさは太ったスズメくらいで、懸命に枕の下に頭をもぐり込ませようとしていた。凍てつく冬の夜に、仲間からはぐれ、さまよううちに農家の窓にぶつかる鳥を思わせた。体は痩せ細り、病気のカナリヤのように、羽がボサボサしていて、汚らしかった。私たちに付き添っていた婦人が前に進み出て、頭を振りながら、つぶやくように言った。「これでおわかりでしょう……閣下は、いまではすっかり変わってしまわれたのです……どうかご配慮願います……」

うわさでは、イマージネ将軍はダメになってしまった、と言われていた。過去の栄光の記憶と最後の戦争が負け戦に終わった無念が、文字どおり彼をボロボロにしてしまったのだと。だが、正直なところ、こんな状態になっているとは、私たちの誰ひとり想像もしていなかった。やつれて痩せこけた小鳥になっていようとは！

防衛委員会の委員長で、行動的な人物のアザナ医師が、婦人のほうを向いて、声をひそめて言った。「もっと食べさせたらどうです？　そう、少量の挽き肉などを？」

「そんなことをおっしゃられても……ぜんぜん食べていただけないんです」婦人は小声で答えた。それから、小鳥のほうに身をかがめると、まるで耳の遠い人に話しかけるように、大きな声で言った。「閣下、閣下、すみませんが……委員会の方々がお見えです！」

鳥は、つまりイマージネ将軍は、体を押し込もうとしていた枕の下からぱっと頭を引き抜くと、やっとのことで小さな脚で立って、私たちを見た。そのくちばしから、か細いものの、妙にきっぱりとして、威厳に満ちた、軍人らしい声が出た。「ごきげんよう、諸君。どうぞおかけくだされ。どのようなご用件ですかな」こう言うと、もう努力の限界だというように、ふたたび上掛けの上にくずおれて、ハアハア荒い息をついた。

私たちは困難な状況を理解した。将軍は本当にもうおしまいの状態だった。ほとんど私たちの助けにはならないだろう。短い声明ですら期待できなかった。第一、どうやって字を書くのだ？　くちばしをインク壺（つぼ）にひたすのか？

アザナ医師は動じなかった。「閣下」重々しい口調で話しはじめた。「海賊が、すでに島のすぐそばまで迫っています。軍の守備隊は不在です。自分たちで身を守ることを考えねばなりません。閣下ならきっと優れた助言をしてくださると信じて、こうしてお邪魔したのです！」

数秒間が過ぎた。老将軍は、つらそうな様子で力をふり絞り、いくぶんふらつきながらも、何とかふたたび立ち上がった。やせた胸の左側の羽毛の上に、色とりどりの小さな点のようなものが見えた。数々の勲章の名残りらしかった。開いたくちばしから、か細い、だが同時に権威に満ちた声が響いた。「友人諸君、良き時代に、わしが出す命令はただひとつじゃった。『最後の血の一滴まで戦え』じゃ」乾いた音を立てて、くちばしをパクパクさせながら、将軍はその言葉をはっきりと発音した。まるで、その言葉を口にすることが彼に無上の喜びを与えているかのようだった。だが、私たちにとって、いったい何の役に立とう？　アザナ医師は、さらに問題点を明確にした。

「閣下、私たちは、海岸で敵を迎え撃つべきか、城壁の上で戦うべきか決めかねております」

くずおれそうになっていた鳥は、ふたたび体をこわばらせ、考え込むようにくちばしを下に向けてから、だしぬけにたずねた。

「使える銃はどのくらいあるんじゃ？」

「五百丁以上集めました……」アザナ医師が答えた。

その言葉を聞くや、将軍の体はみるみる膨らみ、大きな毛糸玉のように丸くなった。驚くべき変化だった。思いがけず活力と自信があふれ出し、体中にみなぎったのだった。将軍は胸をぴんと張ると、頭でうなずいた。

「すばらしい！」将軍が声を張り上げた。「でかした、わが市民たちよ！……五百丁とは、手始めとしてはまずまずじゃ」

「いいえ、じつを申しますと、銃と言っても全部が……」と委員長が言いかけた。

だが将軍は、羽の抜けた翼を高々と持ち上げながら、その言葉をさえぎった。「卑しむべき野蛮人どもめ！　やつらにふさわしい出迎えを準備するのじゃ！　しっかり作戦を立てよ。直ちに行動に移るのじゃ……諸君、この忠実な老兵の心を奮い立たせてくれたことに感謝いたす！……この小さき島に雄々しき風が吹いておりますぞ！……たとえ命を落とすことになろうとも……いや、まさにそれこそがわが望み！」

このような姿とありさまに成り果てたイマージネ将軍が、防衛の指揮を引き受けてくれようとは、私たちは想像もしていなかった。それは甚だ困惑させる事態だった。いったい、人々に鳥の命令に従えなどと言えるだろうか？

だが、そのあいだ、将軍の頭の中で別の考えが浮かんだにちがいなかった。というのも、とつぜん自信が揺らいだかのように、鳥のふくらんだ胸は急速にしぼみ、くちばしから不安げな言葉がもれ出たからだ。

「ところで、教えてくれぬか……教えてくれ、息子たちよ……海賊船には何人乗っているのじゃ？　百か？　二百か？」

「これまでの監視によれば、二十二隻の船に……およそ七千人が乗っていると見積もっています……」アザナがくわしく伝えた。

「ピイ、ピイ」将軍はひどくショックを受けて、声を上げた。「七千人じゃと？」

「七千人です、閣下」

将軍は体をびくんとさせ、にわかに生気が抜けてしまったかのように、弱々しくシーツの上に倒れこんだ。

「まあ、大変！」婦人がうろたえながら叫んだ。「……具合が悪くなったのです……心配していたとおりです……みなさん、どうかお引き取りください……お願いですから……」そう言って、扉を示した。

私たちが椅子から立ち上がるのを見て、将軍はさらに怯えているように見えた。「いかん、いかん」鳥は激しく鳴き立てはじめた。「待ってくれ……わしは気分がすぐれない……ピイ、ピイ……正直、力になることはできん……じゃが、諸君に忠告するのはわしの義務じゃ……ただの助言にすぎんが……作戦を立てるにあたっては慎重の上にも慎重を期さねばならん……」

「慎重？　どういう意味においてです、将軍？」相手の突然の豹変ぶりに啞然としながら、アザナはたずねた。

「つまり……」包囲戦を得意とし、かつて『鉄のやっとこ』の異名を取った伝説の将軍は悲しげな声で言った。「……わしらはまだそのよそ者たちがどんな意図を持っているのか知らぬ……もし、友人として来るのだったら？　もし、まっとうな取引が目的なら？……諸君、その場合には……」

「彼らがやってきた場所はどこも、破壊され、略奪されました」アザナ医師は厳しい口調で答えた。「閣下、それが彼らの意図です」

鳥は打ちひしがれていた。駄々をこねる子どものように、シーツの上で苛立っていた。

「うわさなどに耳を傾けてはいかん！」将軍は訴えた。「思い込みを捨てるのじゃ……諸君が押しかけてきたせいで、わしは頭が混乱してしもうた……よく理解しておらなんだ……諸君はわしを誤解しておる……わしは年寄りじゃ……年寄りなんじゃ……静かな暮らしが必要なんじゃ……海賊船には、りっぱな兵士や堅気の人間たちが乗っておる……諸君をそのかして戦争の引き金を引くのは御免じゃ……わしは旗の名誉を守ることを常に第一義としてきた……じゃが、いまは戦争をするときではない……それよりも、船乗りたちを歓迎する準備をすべきではないかな……」

だが、アザナは険しい口調で言った。「閣下、島を守らねばなりません」

怒りにかられた小島の喉はこわばり、しわがれた声が言った。

「グエッ、グエッ……若者たちよ、あせりは判断力を鈍らせるものじゃ……わしにはわかる。よそ者たちがやってくるのは、平和的な意図からじゃ……わしらの島の美しさに惹かれておるのじゃ……」

私たちは啞然として顔を見合わせた。「閣下、島を守らねばなりません」委員長はまるで脅すように一歩前に出ながら、もう一度言った。

鳥はまたわめいた。「いかん、いかん、いかん。共犯者にはならんぞ……わしは軍人じゃ……グエッ、グエッ……馬鹿げた陰謀に加担するのは御免じゃ！」

見ているのがつらかった。鳥は悪寒を催したように翼をブルンとふるわせた。いったい何を恐れているのだろう、このように老いさらばえた身で？――私は思った――どんな秘密の利益を守るために、偉大な指揮官はこうも惨めに、私たち他人の前で卑屈な態度を取るのだろう？　それで生き延びられるというか？　何を言っても私たちを説得できそうにないとさとると、鳥はふたたび枕の下にもぞもぞ頭を押し込みはじめた。

うんざりした私は、高名な軍師が完全に身を隠せるように、手で枕を持ち上げてやった。彼はすばやくその下にもぐり込んだ。そして、私たちは静かにその場から立ち去った。

イニャッツィオ王の奇跡

Il miracolo di re Ignazio

手術を受けねばならなくなり、ナポリ王が病院に運ばれた。もちろん、一番上等な部屋のひとつが用意された。だが、その部屋は、使い走りをしていたジェローラモ・リスカが腎炎の苦しみで身をよじっている部屋と釘一本違いはなかった。そして、夜になり——医者たちの指示で——親族、宮廷の高官、召使いたちは部屋から出ていった。

看護婦が熱を測りに入ってきた。「三十七度三分です。おやすみなさい」そう言って、さっと出ていった。

すぐあとに、翌日王の手術を執刀するマンセッタ教授がやってきた。

「こんばんは」教授は挨拶した。「食事は召し上がられましたかな？」

「少しだけ」王は答えた。

「元気をお出しください！」外科医は言った。「明日の朝には治癒が始まるでしょう。いまはまだ、あなたは病人です。でも手術が終われば、治りはじめるでしょう。ゆっくりかもしれませんが、治りはじめるでしょう……」彼はくり返し強調した。

「それで、あなたの考えではどれくらいかかると？……」

「いや、どれくらいかかるかなんて話はやめましょう。一番よくないことです。あなたはいま病院にいるのです。だから、何も心配することはありません。私たちに身をゆだねていて、その私たちがどっしりと構えているということは、大船に乗ったつもりでいればいいということなのです……」

「ありがとう、教授。でも、それは無理だ……」

「無理！　ああ、その『無理！』という言葉を、その言葉をどれだけ聞かされてきたことか。でも、ちょっと考えてみてください。今日、この病院に誰が入院したと思います？　ほかでもない、イニャッツィオ国王陛下です」そう言って、ごくかすかに微笑んだ。「でも、陛下でさえ、私たちに従うのです。まるで子どものように。陛下だって、不安を抱えてらっしゃると思いますよ。でも、きっと、陛下は『無理』とはおっしゃらないでしょう。賢明なお方ですから、我らの王は……」医者は愛嬌たっぷりに言った。

　王はほとんど面白がって聞いていた。マンセッタはうっかりして本当に相手が誰なのか忘れているのだろうか、それとも、駆け引きのつもりでわざと言ったのだろうか？　イニャッツィオ王は久しぶりに、何年か前にお忍びで外国を旅行したときに感じた、奇妙な感動をふたたびおぼえた。人目につかずに楽しむことができ、それまで味わったことのない自由を味わったときのような感動を。

だが、今回は異国の町を気楽に見て回るのとはわけがちがった。今回は、自分の前に分かれ道があった。そして外科医が後ろ手で扉を閉めたとき、イニャッツィオ王は自分がある境界を越えたことにようやく気づいた。彼は、ほかの王たちが死者になってはじめて知ることになる平等をすでに味わっていた。彼の場合、別離はすでに完了していた。もう王ではなかった。まわりの部屋にいる患者たちと同じ、何者でもない、ただの人間だった。そして、ひとりぼっちだということを悟った。

つまり、身寄りのない宿無しが夜の訪れとともに味わうのと同じ思いを、王たちも味わう定めなのだ。こうしてもの思いにふけり、悶々（もんもん）としていた王は、ついに耐えられなくなって、呼び鈴を鳴らした。

目を向ける間もなく扉が開いて、さきほどとはちがう看護婦が入ってきた。「何か御用でしょうか？」

「じつを言うと、何でもない」王は威厳を保ちながら答えた。「退屈しただけだ」

「どうか、もうおやすみください」娘はいかにも看護婦らしく優しく言った。「もう明かりを落とす時間です。明日はちょっと忙しい一日になりますわ……」それから、娘は頭を片方にかしげながら言った。「電気を消しますね」

彼女はスイッチをひねった。夜行列車の光に似た青い光に変わった。娘は軽やかに部屋の中を動きまわって、水を用意したり、上掛けを整えたりした。やがて「どうか眠ってください。おやすみなさい」と言って出ていった。

わしの娘は？　スケナス将軍は？　副官は？　彼らはどこにいる？　もしスケナスがクーデターを起こしたら？　それから、もはや王ではないということに、とつぜん怒りを感じた。自分は見捨てられたのか？　時計を見た。九時だった。一時間もすれば、痛みがぶり返すだろう。

さて、その日の午後、赤白の縞模様に塗られた木造りの小さな監視所が、病院の玄関前に設けられた。そしてひとりの軽騎兵が、七歩の距離を銃を肩に担いで行ったり来たりしていた。道行く人々は、何ごとだろうと、立ち止まって眺めた。

歩哨を立たせたのは、ただ思いつきではなかった。歩哨が入り口に立っているかぎり、死神は王に近づけない、宮廷には、そんな古くからの言い伝えがあったのだ。たとえば、こんなことが語られていた。イニャッツィオの祖父のロドヴィーコは、ある晩突然亡くなったが、それは、入り口に立っていた歩哨が、気分が悪くなって地面に卒倒してしまい、死神が自由に入れたからだと。あとを継いだ王の場合は——彼も急死したのだが——意見は分かれている。一般には、そのような偶然の一致はなかったとされた。だが身内のなかには、何か月か経ってから、今回も歩哨が気絶していたか、少なくともきちんと務めを果たしていなかったのだと主張する者たちが現れた。言い伝えが本当かどうかを確かめるために、わざわざ、死亡時間に歩哨に立っていた兵士を探し出そうとした者もいた。けれども、歩哨の勤務予定表は残っておらず、数日後にはもう誰も正確には思い出せなかったためか、あるいは、見張りに立った兵士たちは、面倒に巻き込まれるのを恐れて、誰もがその時間に勤務についていたことを否定し、誰の番であったかも憶えていないと答えたために、結局わからずじまいだった。そして、何か不測の事態が起きたのだとうわさされた。

今回のケースでは、歩哨の件は多くの議論を引き起こした。少なくとも用心のためにも、病院の入り口に歩哨を立てたほうがいいという点では意見が一致した。けれども、無駄だと主張する者もいた。病院には死神が常にいる。病院のまさに最重要人物なのだ。それゆえ、すでに中にいる者を入れないようにするのは馬鹿げているというのである。

ただし、それに反論する者が主張するように、人には各人それぞれの死神がいて、その死神は、その日が来れば、遠い場所から私たちのいるところを目指して歩き出し、どこで私たちに会えるのかも心得ているし、そして王にも王の死神がいるのだ、というのなら話は別だが。

一方、イニャッツィオ王は、痛みがぶり返すのをひとり待つうちに、眠りに落ちた。ふたたび目が覚めたときは、二時過ぎだった。声に呼ばれて目が覚めたように思った。誰が呼んでいるのだ？

「ジョヴァンニ！　ジョヴァンニ！」いつもの習慣で叫んだ。いつもならその呼び声に、忠実な召使いが部屋の中にすっと入ってきて、小声で「何か御用でしょうか、陛下？」とたずねるのだった。だがいまは、誰も来なかった。王は自分がどこにいるのか思い出した。

病院の奇妙な静寂にじっと耳をかたむけた。すると、彼を目覚めさせた声がふたたび聞こえてきた。男のうめき声だった。

隣の部屋か、下の部屋か？　それとも、遠く離れた部屋から聞こえてくるのか？　壁や扉は厚かった。だが、夜も更けて、町の喧騒も静まると、それだけでは十分ではないらしい。声は、それを塞ぎ止めるために設けられたいくつもの障害物を乗り越えて自分のところまで到達したのだ。そう考えると、声は一層重苦しいものに感じられた。耳を澄ましていた王はやがて、不可解にも遠い谺のように自分のいる場所まで響いてくる人間たちの声を聞いた。彼を目覚めさせたうめき声は、じっさいには、沈黙からやってきたのではなく、遠いところにいる大勢の人間たちの曖昧な合唱に源を発していたのだった。王は、ふたたび呼び鈴を鳴らした。

今回も、まだ指がボタンに置かれているうちに、看護婦がやってきた。青みを帯びた薄暗がりの中で、愛らしく見えた。

「眠れないのですか?」看護婦は安心させるようにたずねた。「寝つけないのですか?」

王は、険のある物言いでたずねた。「あのうめき声の主は誰だ?」

「うめき声ですって?」娘は驚いたようにきき返した。

「半時間も続いているじゃないか! 喉(のど)を掻(か)っ切(き)られるような声が!」王はわざと残忍に声を張り上げてみせた。

看護婦は、耳を澄ますように、優雅なしぐさであごを上げて、しばらくじっとしていた。

「何も聞こえませんわ」やがて、むっとしたように言った。

「この近くの部屋に患者はいるのか?」

「おひとりだけ」娘は曖昧に答えて、どういう思いからか微笑んだ。それから、それを悔いたように言った。「肝臓を病んでいる男の患者さんがひとり。いまは眠っていますわ」

「で、どんな人物だ? 職業は?」王は興味をそそられてたずねた。だが、その理由は自分でもわからなかった。

「さあ……わかりません。見たところ、お百姓さんのようですが……」

「百姓だと?」病院の中では身分の違いなどないことを忘れて、王は言った。

「そうだと思います……でも、いまは静かなようですわ。さあ、もう寝ないと」娘は言った。そして、まるで子どもに話しかけるように言った。「明日の朝、いや今日の朝は、早くに起こしに来ますからね」

看護婦は彼の力になりそうになかった。王は、眠気が訪れたかのように、目を閉じた。娘は部屋から出ていった。

すぐに王はふたたび耳を澄ました。夢ではなかった。あちこちから、さまざまな方向から声が聞こえてきた。悲しげな女の声も聞き取れた。だが、どうして気にすることがあろう？この世に病人がいるのはわかりきっているではないか。病院を建てさせたのも自分ではないか。

さきほどのうめき声がまた聞こえた。短くくぐもった声で、時々途切れた。犬だろうか？その可能性に期待を寄せたが、やがて、また聞こえてきた。やはり人の声だった。

ああ、その時刻、宮殿では平和と静寂が支配していた。振り子時計のオルゴールが整然と時刻を知らせ、下の厩舎(きゅうしゃ)では、馬たちが夢を見ながらひづめをかいていた。目覚めているのは、古いランプだけだった。その揺らめく光に、壁に掛かった絵の中の先祖たちの手がわずかに揺れ動いていた。

手術は午前十一時に終わった。総じて順調に進んだ。頭に包帯を巻いた王は、まだ麻酔がきいた状態で、二人の看護婦が見守るなか、ふたたびベッドに横たわっていた。この先三日間は、家族や宮廷の誰も面会できなかった。この点だけは、医師たちは頑として譲らなかった。

イニャッツィオ王は、午後の十二時十五分過ぎに、目を覚ましはじめた。うっすらと開いたまぶたの隙間から、光と二人の人物が目に映った。ひどい吐き気に襲われた。それから、胸の奥から、彼の意思とは無関係にうめき声がもれた。

それは、苦しげな陰にこもった音だった。まるで彼自身が発しているのではなく、少し前まで麻酔薬で眠った彼がさまよっていた闇の奥から響いてくるかのようだった。そのような声は戦場でさえ聞いたことがなかった。声はとぎれとぎれに、唇からあふれ出た。

二人の看護婦は、死人のように蒼ざめ、顔を見合わせた。

その時刻には、ニコロ・デッランナという名の兵士が歩哨の任務に就いていた。先月、田舎から出てきたばかりの筋骨たくましい若者だった。まさにその頑強さゆえに、これなら気を失って倒れるようなことはあるまいと思われて、ほかの屈強な兵士たちとともに選ばれたのだった。命令は至極単純。一方向に七歩、反対方向に七歩、往復する。将校が来たら敬礼し、病院に入る者を見張る。それだけだった。

正午頃に任務に就き、監視所の前を行き来していたデッランナは、上の方から、おそらく三階か、四階から、うめき声が響いてくるのを耳にした。大きな声に、歩哨の任務を忘れて思わず立ち止まった。「陛下だ」会ったこともなければ、声を聞いたこともなかったにもかかわらず、なぜだか王だとわかって、大きな声を上げた。人々が行き交っていた。

「ウウアアップ！」ふたたび声が聞こえた。デッランナは見上げた。窓は閉まっていた。何ごともなかったかのように、建物は慎ましやかな威厳を保っていた。

「陛下を痛めつけているのは誰だろう？」兵士はつぶやいた。

そのとき、ほかの人々も声を聞いたのに彼は気づいた。建物に近づこうとしていた中年のシスターは階段の前で立ち止まった。上品な身なりの紳士も、火のついた葉巻を地面に落として、立ち尽くしていた。やがてシスターは、十字を切ると、階段を駆け上っていった。

王はうめいていた。肉は傷み、王宮でビロードの台座に載せられている宝石を散りばめた王冠も、彼の命令ひとつで死に向かって突撃する軍隊も、いかなるものも役に立たなかった。何者かが彼を不意打ちし、捕らえ、豚のように押さえつけているのだ。たとえ世界中の王たちが強大な軍隊を引き連れて駆けつけたとしても、どうにもならないだろう。

刃とドリルが、患部の皮膚や血管や組織や骨に穴を開けた。同じ病にかかった仕立て屋のパスクアーレ・クリストフェルに対して六日前に取られたのと同じ方法で手術は施された。何百万人というほかの人間たちと何ら変わらないひとりの人間、ひとつの人体。だが、その中身は？　その肉の中には何があるのか？　このように穴を開けたあとに残っているものを、熱と嘔吐に支配された蒼白い四肢を、まだ陛下だと考えねばならない理由があるだろうか？

王は、いま、麻酔で朦朧とした意識のなかでその問いに答えている。昨日までは元気だったが、いまは片手も挙げられない病人だ。だが、声はまだ出せる。と言っても、命令を出したり、法律を発布したりするためではない。さきに述べたように、それはうめき声だった。

マンセッタ教授も手を止めて、耳を澄ました。声が聞こえてきたとき、彼は治療室で傷の手当てをしていた。うめき声なら、マンセッタはずっと聞いてきた。一生うめき声ばかり聞いてきた。何十年も、毎朝、うめき声とわめき声しか聞いてこなかった。しまいには慣れてしまった。

教授は鉗子を握った手を止めた。「なんてことだ！」つぶやいた。「誰かしら？」看護婦のひとりがたずねた。「たぶん三十五号室の患者よ」同僚のひとりが答えた。「片脚を切断したあの太った男の人よ」けれども、二人とも納得していなかった。

「いや、王様じゃないか？」マンセッタが言った。そして不安になりはじめた。

王様だ！　王様以外に誰があんな声を出せるだろう？　力強くはないが、しゃがれていて、そして震えるような、ぞっとするそのうめき声は、得体のしれない恐怖を与えていた。恐怖の井戸から這い上がってきて、ドロドロに腐敗した体液を滴らせていた。

つまり、彼は知っていたのだ。王宮の奥深くに居ながらおのずと理解していたのだ。朝から晩まで人間の体の中をかき回している医者たち以上に、肉や腸でできていることの不幸を、膿や黒い嘔吐を。それをいまこうして表現しているとすれば、すべて知っていたにちがいない。人民の指導者たる、君主たる彼は！

「教授、どうしましょう？」年配のシスターが不安を隠せない様子でたずねた。自分たち治療スタッフは耐えられるかもしれない。でも、ほかの病人たちはそうはいかないだろう。きっと。

「まさか、こんなことになるとは！」外科医は叫んだ。「間違いなく王様だ。まるで悪い冗談だ……」

「頭が変になりそうですわ」シスターがふたたび口を開いた。「十八年間この病院で働いてきましたが、こんなことは初めてです……きっと患者さんたちには耐えられません。ただでさえみんな神経質になっているのに……今夜はどうなることか……」

「今夜には収まることを願おう。麻酔のせいだ。完全に覚めるのを待とう」

実際、王は目覚めようとしていた。午後の四時には完全に意識がもどった。医師もシスターも彼をのぞき込んでいた。悪夢は終わったのだろうか？　目は開けていたが、何もしゃべらず、王はじっとしていた。かすかにあきらめたような微笑みを浮かべていた。

十五分が過ぎた。年配のシスターは胸をなでおろした。神のおかげで平和がもどったのだった。そのとき王は、まるで体から何かうっとうしいものを払いのけようとするかのように――実際には何もなかったのだが――手を動かすしぐさをした。げっぷがわき上がってきて、抑えようとしたが、だめだった。大きな蛾が羽ばたくような音が一瞬聞こえたかと思うと、うめき声がもれた。王自身が驚いて、不快な感情が顔に表れた。「ああ、神さま」年配のシスターがつぶやいた。

だがその声は、先ほどのものとは少し違っていた。改良され、さらにぞっとするようなものだった。眠気や吐き気を帯びていない分、滑らかだった。まるで、言葉が出てこなくてしばらく口をもごつかせた後に、ようやく言えたときのようだった。

「ご気分はいかがです?」マンセッタ教授は、外科医としての平静さを失って、思わずたずねてしまった。

「さあ」王は答えた。それから、「自分でも抑えられないのだ」と、まるで詫びるように付け加えた。彼自身、何か恐ろしいことが起きているのをはっきりと理解していたからだ。

静寂の中で、少しくたびれたような規則正しい呼吸の音が聞こえた。もう、前の晩のように、ひとりではなかった。白衣を着た、まさにお付きの者たちが、初めて目の当たりにする王の新たな力に怯え、不安になりながら、彼のまわりに集まっていた。

そして九分が経ったときだった。王は苦しそうな様子を見せ、顔がこわばり、ふたたびうめき声を上げた。

「ご気分がすぐれないのですか、陛下?」マンセッタは静かにたずねた。みな、驚いた顔で彼を見た。まるで、その敬称で呼ぶことがとんでもないことであるかのように。「ご気分がすぐれないのですか?」医者は、ちょっと間違えただけだと言うように、言い直した。

「いや」イニャッツィオ王は答えた。「痛みはない。ただ、不快なだけだ」

「教授、ほかの患者さんたちはどうすれば?……」我慢できなくなってシスターがマンセッタにたずねた。

外科医はかっとなって振り返ると、「どうか、ちょっと黙っててください!」と、声をひそめようともせずに言った。「ほかの患者たちは我慢するでしょうよ! 我慢できなくても、こっちの知ったことですか!」そんなふうに苛立ったマンセッタを見るのは初めてだった。

シスターは何も言わずに出て行った。そして、何とかして病人たちを落ち着かせようと、部屋を見回りに行った。すでにみんなの苦情が聞こえるようだった。『おお、いやだ』とか、『あんな声には耐えられません』とか、『王なら、自分の宮殿でうめいていてくれ』とか。

ところが、予想に反して、病人たちは、落ち着いた様子でベッドの上に横になって、微笑みながら彼女に挨拶した。まるで聞こえていなかったかのように、声のことに触れる者はいなかった。シスターは自分からたずねたり、余計なことを口にしたりはすまいと思った。そして、いつもと変わらぬ言葉を掛けた。「奥さん、具合はいかがですか?」

「ありがとうございます。良くなっているようですわ」女の患者は答えた。「今晩はもう熱が出ないような気がします」

「神さまが祝福されますように」シスターはほっとして言った。そして隣の部屋に移った。

「こんばんは、具合はいかがですか?」

「すこぶるいいですよ、シスター」若者は陽気に答えた。「この分だと、一週間後には起き上がれるんじゃないかな」

『変ねえ』彼女は思った。『私の取り越し苦労だったのかしら。今夜はみんな安らかな様子だわ。もう長くはない患者さんまで落ち着いているみたい』それでも、うめき声は続いていた。

どうしてあの声に耐えられるのかしら? シスター・ジュディッタは、たまたまその病院に入院している司祭に話を聞いてもらうことにした。

それは、一か月ほど前から慢性病患者の病棟にいるドン・フェリーチェという年寄りの司祭だった。重い心臓病を患っていて、余命はいくばくもなかった。彼はそのことを自覚しており、それどころか、ときどきそれを冗談の種にさえした。もちろん、いたって敬虔な物言いではあったが。

シスターは司祭に言った。「司祭様、お話ししたいことがあります。ただ、ご気分を害されなければよいのですが……」

「伺いましょう、シスター」修道女たちが抱きがちな罪悪感か、あるいは、よくあることだが、過度の純真さゆえにささいな罪を大げさに考えて告白したいのだろう、そう予想しながら彼は答えた。「心配には及びません。気分を悪くすることなどありませんから。私が置かれている状況では、何事にせよ、言わば少し高い所から眺めることを神はすでに許してくださっているのです」

「司祭様」ようやくジュディッタは話を切り出した。「司祭様、あなたはあのうめき声を耳にされましたか?」

驚きとともに、ドン・フェリーチェは、つらい思い出がよみがえったときのように、顔を曇らせた。答えるのを一瞬ためらっているかのようだった。

「もちろん、耳にしていますとも。聞こえないわけがありません」

「では、どうして平気なのです? 病人であるあなたが、どうやって耐えられるのですか?」シスターはもう感情を抑えられず、体を震わせながら嗚咽をもらした。「司祭様、お助けください。私にはもう耐えられません……」

ドン・フェリーチェは頭をふった。「シスター・ジュディッタ。あなたには恐ろしいことに思われるでしょう。まだ若くて元気なあなたには。あなたは、もう耐えられないと言うが、年寄りで病人の私には容易に耐えられるのです。で、きっと、ほかの病人たちもみな、私のように、文句一つ言わずに耐えている。そうではありませんか、シスター・ジュディッタ？」

彼女はうなずいた。「それでは、おわかりではないのですね？」司祭は明るい調子で言葉を継いだ。そして、苦労しながらベッドの上で少し身を起こした。「残酷なことです」罪を告白する者のようにうなだれながら、司祭は続けた。「そしてこんなことを言うのは悲しいことですが、私たち病人にとっては、あのうめき声は恵みなのです」

「恵み、ですって？」修道女はわけがわからず口ごもりながらきき返した。

「すばらしい慰めなのです。わかりますか？」ドン・フェリーチェはくり返した。「私たちは計り知れない喜びを感じながら、あれを聞いているのです！　どんな魅力的な音楽もあれほど心地よくはないでしょう。わかりますか、シスター？　なんと恐ろしいことか」

「ドン・フェリーチェ、人が苦しんでいるのを楽しんでいらっしゃると？」

「神が私を憐れんでくださいますように……私は、自分が邪な魂の持ち主だとは思っていません。嘘ではなく、他人の痛みは常に自分の痛みでした。自慢して言っているのではありません。そんなことをしても何の得にもなりませんし……」ここで司祭は言葉を切り、耳を澄ますと、笑みを浮かべ、注意を惹きつけるように人差し指を上げた。「ほら、ほら聞こえる……」

「かわいそうな王様！」修道女は両手で顔を覆いながらつぶやいた。

「慰めなのです、真の慰めなのです、王様のうめき声は」司祭は目に見えて元気になると話しつづけた。「私のように年老いてくたびれた心にも！」

「でも、残酷ではありませんか、司祭様？　あなたもそうは思われませんか？」

「残酷？」司祭は悲しげな顔になって考え込んだ。「だが、神の摂理とは人間には計り知れないものではないでしょうか？　もし、この苦しみの声が周囲に安らぎを広めていくとすれば、それは驚くべき神秘ではないでしょうか？　シスター・ジュディッタ、王様はついに私たちのそばにおられるのです！　大勢の憐れむべき人々のひとりとして、いまや私たちのそばにおられるのです！　ああ、いったい我々の理解が及ぶところでしょうか？」

「そんなに興奮なさらないでください、司祭様」修道女は落ち着かせようとした。「少しお休みください。待ってください……少し空気を入れ替えれば体によいでしょう」

彼女は椅子から立ち上がって、窓を開けた。太陽は湾に沈もうとしていた。海は、セイレーンたちの生温かい体を浜辺に投げ返していた。

うめき声は、昼も、夕方も、夜も続いた。いつになったら収まるのだろうか？　看護婦たちは不機嫌になっていった。王の声に、注射器を握る手が震えた。ようやく、九時頃、モルヒネの注射を打ったあとで、イニャッツィオ王は深い眠りに落ちた。

「やれやれだわ！」ベッドのそばに腰かけていた看護婦はつぶやいた。元気を取りもどして、部屋を整えはじめた。光を弱くし、念のためもう一度眠っている王に目を遣ってから、扉をそっと開けて、廊下に出た。

「スザンナ！　スザンナ！」通りかかった同僚を小声で呼ぶと、「眠ったわよ！」と、まるで最高にうれしい知らせでも伝えるかのように言った。

「神がほめたたえられますように！」相手は喜びのあまり手を叩きながら叫んだ。「これで、しばらくは……」

そこで言葉が途切れた。（まるで悪魔が二人の会話を立ち聞きして、懲らしめようとしたかのように）部屋の扉の向こうから、皮の張りの弱い太鼓が鳴るような低い音が聞こえてきた。娘たちは石になったように立ち尽くした。やがて、柔らかな音はゆっくりとうめき声に変わっていった。ああ、王は、眠りながらも、周囲に苦しみを与えつづけようというのだ。

「ぬか喜びだったわね」スザンナはがっくりと肩を落とした。怒りのあまり思わず悪態をついた。「まったく！　ここでも、陛下は我が物顔にふるまうつもりなんだわ！　いまいましいったらありゃしない！」

だが、大勢の病人たちは、薄闇に包まれながら、静かに休んでいた。幸福な夜だった。彼らは、感謝の念とともに、静寂を破る王の苦しみの声に耳を傾けていた。彼らはもはやうめく必要も、寝返りを打つ必要も、時間を数える必要もなかった。ひとりが敵に身をゆだね、彼らに代って重荷を背負っていた。そして時折、みな安心して眠るがよい、余が寝ずの番をし、ひとりで城壁の上で見張りをしているから、と伝えるように、呼びかけていた。さあ、これで、春の淡い夜明けがよみがえることだろう。愛のささやきや、草地に伸びる白い道や、家の玄関に射し込む小さな陽射しや、月夜の物憂げな歌が。

病人たちは次々と治っていった。何かが解き放たれた。やせた頰から熱が引いていった。残りの者たちは、長く苦しんだのちに、真の安息場所を見つけてもどってくることはなかった。その瞼にはキリスト像に供えられた灯明がまだゆらめいていた。

ついに、病室はあらかた空っぽになり、病院に残っているのは王だけになった。その顔は陰鬱で、目は生気に欠け、よどんでいた。彼の力のおかげで患者たちは自由に向かって去ってゆき、だだっ広い病院の中で王はひとりきりだった。ほら、彼は同じ部屋でベッドに横たわっている。そのあいだ、包帯の冠は軽くなってゆき、その分、毎朝、外科医はメスを傷口に浅く差し入れる必要があった。厳密に言えば、それは治癒の証だった。だが、かつてあんな目を見たことがあっただろうか？　それに、奇跡が成し遂げられたいまも、どうしてうめき声を上げつづけているのだろう？

いまやイニャッツィオ一世は病院に君臨し、新たな宮廷人たちを付き従えていた。彼のためだけに、医師、修道女、看護婦から雑用係にいたるまで、まるでファラオの命令でこき使われる奴隷のように、王の声に憔悴しながら、病院に残っていた。ほかの人間たちと変わらない？　ここでも王は、わずかに残った力で人々を支配する運命だった。けれども、その代価は？　ひょっとして王を治療する者たちの目の中に、彼に死んでほしいという願いが読み取れはしないだろうか？　ここでも力をふるいたいのか？　まだ苦しむべき者たちを解放したいのか？　そしていまや、王の治療にあたる者たちは彼を呪っていた。

こうして、白い陽射しが降りそそぐなか、白い服を着たひとりの修道女が、病院へ続く小道の砂利を踏み鳴らしながら、やってきた。だが、どうして入り口の前で立ち止まったのだろう？　兵士のデッランナが彼女のほうを見たからか？　妙な女だ、と歩哨は思った。

彼女は彼を見て微笑んだ。白い歯が見えた。顔の残りの部分は、午後の光の中で、銀色のベールに覆われているように隠されていた。

「声が聞こえる?」女は上の階を指さしながら、妙に震えるような声でデッランナにたずねた。

「あなたを呼んでるわ……ほら……」と女は言い、輝くような笑みを浮かべた。「あなたを呼んでるのよ」

デッランナは女をじっと見たが、わけがわからなかった。ひょっとして頭がおかしいのか?　それとも……。

「窓辺にいるわ」彼女はささやき続けた。「あなたを呼んでいるの……ごらんなさい。ほら、あそこを。見てごらんなさい……」デッランナは目を動かした。いったい、何を心配することがあろう?　兵士は建物を見上げ、窓辺にいる男を見た。正確には、窓辺に突き出した腕を見た。それはまどろんでいるかのように動かなかった。胸や頭は見えなかった。だが、目を凝らすと、目の錯覚だということに気づいた。布がかかっているのだった。ただの布切れだった。ちくしょうめ、と舌打ちした。

ところが、修道女の姿は消えていた。庭には人っ子ひとりいなかった。静まり返って、うめき声もやんでいた。それ以外に変わったことはなかった。

そのとき彼は、ぼんやりと理解した。監視所を離れると、銃を握って段々を上り、（人気（ひとけ）

のない）ロビーを走り抜けて大階段に向かった。

彼女はすでに階段の上のほうを、どんどん登っていた。まるで飛び去っていくようだった。

「おい、止まれ！」デッランナは叫んだ。「どこへ行く？」

「王のところへ」彼女は振り返らずに答え、逃げつづけた。

兵士は、長い廊下の突き当りにある扉の前で彼女に追いついた。窓は開け放たれていたが、奇妙なことに、日が射し込んでいなかった。

近づいたデッランナが触れようとしたそのときだった。修道女がぱっと振り返り、兵士はその顔を見た。美しく、清らかで、無邪気な顔だった。ただ、動かないと彫像のようだった。そして、なにより若かった。

「さあ、どうしたの？　兵隊さん」彼女は下卑た生意気な口調で声をかけ、白い歯をきらりとのぞかせた。「私に触れなさいよ。さあ、触ってごらんなさい」そう言って、笑った。

デッランナはあとずさった。誰だろう？　まさか死神か？　その隙に、女は扉を開けた。

ベッドに寝ていたイニャッツィオ王はすぐに彼女に気づき、そばに座っていた当番の看護婦にむかってわずかに手を動かした。看護婦は立ち上がり、彼女も修道女を見つめながら、戸惑うような曖昧な笑みを浮かべた。

部屋に入ってきた女は、自分が来るのを相手が待っていたとでも言うように、ためらうことなくベッドに向かった。デッランナは入り口で立ち止まり、銃を握っていた。

「さあ、とうとう見つけたわよ」娘は、ベッドに横たわる王の左手首をつかんで言った。

「ああ、なんて冷たいんだ！」王は身震いして言った。そしてすぐさま、「出ていけ！　ここから出ていけ！　こいつを追い出してくれ！」と声を絞り出して叫んだ。

けれども、当番の看護婦はじりじりと扉のほうにあとずさった。血の気がうせて真っ青だった。怯えきっていた。

「お嬢ちゃん、怖いの？」奇妙な修道女は、物憂げにゆっくりと振り向きながら言った。

「私に触れてみる？」

だが看護婦は、首を振って「いや」というしぐさをした。声が出なかった。もう入り口まで来ていた。それから、廊下を走り去るカツカツというヒールの音が聞こえた。デッランナだけが、身じろぎもせずに、入り口に突っ立って眺めていた。

だがそのとき、夏によくあるように、突然雲がやってきて太陽を覆い隠した。それから、女はためらうことなく、掛け布団と上掛けシーツをぱっと剝がし、足までめくり上げた。王は半分裸で、弱々しげだった。彼女は王の膝を手でさわった。

「おやおや、まだ生きてるじゃない！」冷酷に言った。「いま、息の根をとめてあげる」

王は女の手から逃れようとした。息がだんだん荒くなっていた。「出ていけ……出ていけ

……出ていけ……」もはや力なく、かすれた声で機械的にくり返していた。

「大臣たちはどこにいるの？」彼女は嘲（あざけ）った。「護衛は？　兵士たちは？　呼んでごらん、呼ぶがいい……この汚らしい豚め」文字どおり陽気で歌うような口調で言った。「たっぷり人生を楽しんだんじゃないの？」

女は、抵抗もできずにいる王に両手を伸ばすと、頭に巻かれた包帯を勢いよく剝ぎ取りはじめた。王の病んだ頭が揺さぶられた。

「ごりっぱな王だこと！」女は叫んだ「おお、いやだ！」黄色く汚れ、吐き気を催させるガーゼが、ベッドの上にはらりと落ちた。

やがて、王はうめき声を上げた。いつもの声だった。だがそれは、これまでになく低くて、しゃがれて、気味の悪い声だった。まるであの世から響いてくるような音だった。

女は少しばかりあとずさった。「いったい何なの？　何なのよ？」

「ウウウウウアアアアップ！」王は腹の底からわき上がってくるぞっとする声で答えた。

「何なの？　何なの？」女は、王のそばから離れながらくり返した。信じられないことに、大きな悲嘆の混じった微笑みが王の口許に浮かんだ。では、彼女でさえ、王を拒むだろうか？

王は、三たび、腹の底から絞り出すような低く大きなうめき声を上げた。修道女はさらに一歩あとずさった。そして王は、がっかりしたように、彼女にむかって手を動かした。まるで、『わかったか？　わかったか？』とでも言うように。

修道女はすでに扉のそばまであとずさっていた。どんなおぞましい修羅場にも慣れている、この世界の女主人である彼女さえ、耐えられなかったのだ。

けれども、デッランナはゆっくりと銃を下ろすと、銃剣を彼女の腰に向けた。それは、畏れを知らぬふるまいだった。そして、「行け、行くんだ。早く」と声を掛けながら、牛を追い立てるように彼女を突いた。

人間であるイニャッツィオ王は、その場面を眺めながら、奇妙にも、まだ生きていたいという望みを突如として抱いた。自分の宮殿や、陽射しの下での遠い日々の冒険や、狩りや、愛を、懐かしさとともに思い出した。「行かせろ、行かせるんだ」王ははっきりとした口調で兵士に言った。それから、おもむろに、怒っているのではなく、むしろ憐れむように、「兵士よ、きさまは絞首刑だ」と言った。

だがそのあいだ、声を聞きつけて、人々が、医師や看護婦など病院に残っていた職員が、廊下に駆けつけた。イニャッツィオは恐ろしいうめき声を発した。

「それっ！　それっ！」人々は廊下から兵士にむかって叫んだ。「行かせるな。その前に終わらせてくれ！」

デッランナは銃剣を修道女の腰に押し付け、前に押しやった。銃剣の切っ先が糊のきいた綿の布地に当たってキュッキュッと鳴った。

彼女は振り返り、微笑んで彼に取り入ろうとした。だが彼は、暗い私怨に取りつかれているかのように心を閉ざしていた。兵士はさらに女を前に押し出して、ベッドの縁まで追いつめた。

そのとき、娘は王の上にかがみこみ、その顔に手を当てた。

挑発者

Il provocatore

エドモンド・シャピロ教授へのリンチは、六月四日の日曜日に、西側の川沿いの道で、人々の意思とは無関係に起きた。

ハンガリーのD大学の経済学の元教授で、六十二歳になるエドモンド・シャピロは、ヨーロッパからの亡命ユダヤ人だった。そしていまは、アメリカの大都市の学校でドイツ語を教えていた。

彼は六年前に、十九歳の一人息子のアルベルトとともに、生き延びるための旅を始めた。けれども、ライプツィヒの駅で水を手に入れるために列車を降りたアルベルトはもどってこなかった。そしてそれ以来、二人は二度と会うことはなかった。あれから何年も経ったいま、シャピロ教授は、たとえ息子は殺されていなくても、見つけ出すことは現実には不可能であることを理解していた。彼らが暮らしていた町は破壊しつくされ、知人も友人も敵もいなくなり、チェス協会も大学もなくなってしまい、だれもが世界のもっとも遠い場所へ我先に逃げていったいま、どうやって二人が再会などできるだろう?

だから、息子はひょっとしてまだ生きているかもしれないが、現実的にはもう死んでこの世にはいないと考えるほかなかった。そして教授は、夜になると、ユダヤ人が抱く深い苦悩とともに、しばしばそのことを思って涙を流した。汚い下宿屋の部屋の、本や科学雑誌や、埃や椅子の上の破れた靴下や、亡命者の強烈な孤独を皮肉っぽく照らす黄色い電灯の下で。

その日シャピロは、運に見放された多くの者たちと同じように、少しばかりの陽射しを浴びに、川沿いの有名な散歩道に出かけた。ご存じのように、日曜日の朝の陽射しは、ほかの曜日にもまして、人々に優しく心地よいものだから。

彼は杖を突きながら、てすりにそってゆっくりと進んでいた。そのとき、四百メートルばかり離れた川の対岸にぼんやりと向けられていた彼の視線は、にわかに生じた関心とともに、ひとりの人物に釘付けになった。東側の川沿いの道を、若い男が、見るからにぼーっとした様子で、背中をやや丸めて歩いていた。その距離では、顔まではっきりと見えなかった。だが、シャピロの心臓は早鐘を打ちはじめた。その若者は息子に似ていたからだ。

気持ちを高ぶらせながら、向こう岸に渡って、近くでその若者をよく見ようと足を速めた。五十メートルほど先に、最近完成したばかりの真新しいりっぱな鉄製の橋がかかっていた。

橋のたもとまでやってきたとき、シャピロは誰かに呼びかけられた。

「もしもし、そこのお方！」女の声だった。

振り向くと、五十歳くらいの婦人が笑顔で頭を振っていた。

「何か？」シャピロはたずねた。女は右の人差し指を立てると、ゆっくりとそれを動かして、『だめです』というしぐさをした。

「何でしょう？」急いでいるシャピロはもう一度たずねた。けれども、相手はすたすたと遠ざかっていった。

頭がおかしいんだろう。教授はそう考えて、ほとんど誰も歩いていない橋に向かった。目は、鉄のてすり越しに、ずっと息子に似ている若者を追っていた。たしかに歩き方がそっくりだった。ちょっと体を揺するようにし、足先を大きく外側に向けた歩き方が。

シャピロが、急ぎ足で、ちょうど橋の入り口の大理石の親柱のあいだを通り過ぎ、立ち止まって川面を見つめているひとりの歩行者を追い越そうとしたときだった。その男が振り返って、小声でたずねた。「あなた、大丈夫ですか？」

「大丈夫って、何が？」

見知らぬ男は、対岸かあるいは橋そのものを指し示すように、顔をそちらに向けた。

「何のことでしょう」シャピロは心ならずも立ち止まった。

「いやなに、許可を得てらっしゃるのかどうかと思って……」相手は説明した。

「橋を渡るのに許可がいるのですか？」

「やっぱり……じつは私も……まあ、でも、あなたはお行きなさい……渡った者勝ちですから……」

シャピロは、二度目の忠告の意味がよく理解できず、困惑してあたりを見まわした。橋の上では、数人の男女が道路と同じように歩いていた。それに、どうだっていい。挨拶がわりに杖を持ち上げると、教授は進みつづけた。そして歩きながら、鉄製のてすり越しに、対岸の若者が、襟の中に埋もれた首の皮を伸ばそうとするかのように、顎をぐっとそらすのが見えた。そのとき彼は、あれは息子だ、と確信した。熱いものが胸にこみあげてきて、息ができなくなった。アルベルトには、小さい頃からずっとその変な癖があったからだ。

まだかなり距離のある息子から目を離さないようにしながら、シャピロは猛然と足を速めた。年寄りの足では無茶なことだった。杖がカタカタとアスファルトを打ちつけた。だが、そんな歩き方をしていれば、どうしても周囲の人々の注意を引き付けることになる。はたして、突然目の前に、制服姿の警官がぬっと現れた。

「そこの方、止まってください！」警官は言った。「だめです」

「橋を渡ってはいけないんですか？」

「だめです」警官はくり返した。

「じゃあ、あの人たちは？」シャピロは、ほかの通行人たちのことをほのめかしながら困惑顔でたずねた。

「あの人たちは監視の目を逃れたようですね」

「では、私も見逃してはもらえないでしょうかね？　あちらに息子がいるもんで」老人は取り入るような笑みを浮かべながら、指さした。

さらに二人の警官が駆けつけてきて、シャピロやほかの通行人たちを押しもどした。「下がって！　橋から出てください！」警官たちは大声で叫んでいた。

あとずさりした教授は、ふたたび橋の入り口に立っていた。だが、そこには、知らないうちに、たくさんの人々が集まっていた。そしていつの間にか、旗飾りが張りわたされ、セレモニーのために赤い布でおおわれ、紋章をあしらった演壇が置かれていた。警官たちは、橋の入り口に立ち入り禁止のロープを張った。

そのとき群衆の頭上から、力強く親しみを感じさせる声が熱弁をふるうのが聞こえてきた。ペレイラ国会議員――教授はすぐに誰だかわかった――が演壇に立って、演説を始めたのだった。

いったいこれは、何の謀(はかりごと)だ？　こんなふうに、とつぜん前触れもなしに橋の開通式が始まるだなんて？　どこからこんなに大勢の聴衆が集まってきたんだろう？　これじゃあ、どうやって橋を渡ればいいんだ？「……あの運命の請願から……力強い事業を……厳かな誓いを立て……すばらしいアイデアに……」有名な国会議員の言葉がとぎれとぎれに彼の耳に響いた。

シャピロ教授は道を切り開こうとした。けれども、彼のいる場所にはぎっしり人が立ち並んでいて、一歩も進めなかった。体の大きな屈強な男たちが彼を取り囲むように立っていた。教授は彼らを見上げた。ペレイラ議員も、開通式も、まわりの世界も頭から消えていた。息が苦しかった。「ウウウウウ！……」彼はうなり始めた。声が出なかった。「ウウウウウ！……」まるで聾唖者のようにうなった。

人々がにらみつけた。数人が「シーッ！」と注意した。首を伸ばすと、対岸を歩きつづけている息子が見えた。ゆっくり歩いていた。だがまもなく、警察が封鎖している橋の反対側の端に差しかかるだろう。そのまま川沿いの道を進みつづけ、人ごみの中に紛れてしまったら、もう二度と会えないだろう。

「私の息子！」ようやく声が出た。あまりに大きな声だったので、人々は呆れて、まるで頭のおかしい人でも見るかのような目で見た。

「シーッ！」さらに強い調子で注意された。

シャピロは行く手をふさいでいる男の上着を引っ張ると、「通してください……向こう岸に息子がいるんです……六年前に行方不明になった……」と小声で訴えた。男は、険しい目つきで彼をじろじろ見た。そしてやはり小声で、「シーッ！　いまは通れません」と言った。

「通してください！　通してください！」教授は懇願するような笑みを浮かべて両側の人に頼んだ。「すみません、気分が悪いのです……」

「気分が悪いんだそうだ」興が乗ってきた議員の声が響くなか、まわりでささやくのが聞こえた。「こっち、こっち」人ごみから抜け出すように促す声がした。けれども彼は、反対の方向に、人々でさらに込み合っているほうに向かっていた。

シャピロは完全に押し出され、貴重な二、三メートルを失ってしまった。「どうか、通してください！」教授は懇願した。彼の外国語訛りを不快に感じた人々が、憎々しげににらみつけた。

「どうやら」そのとき演壇の上から、どこかうれしげなペレイラの声が響いた。「どうやら、その目的はわかりませんが、このセレモニーを、厳かな労働の祝典を妨害しようと考えている人たちがいるようです。その正体をつきとめるのも難しくはないでしょうが……それでは、その方々に言いましょう。話してください。反対意見をおっしゃってください。私たちはいつでも誠実に論争に応じます！　もしこの橋の建設に反対するりっぱな理由があるとお考えなら、どうか進み出て、言いたいことを好きなだけおっしゃってください（ここで議員はシャピロを指さした）……ひょっとしてあなたが、私たちの敵なのですか？　あなたはこの公共事業に不満なのですか？　偉大な都市の二つの端が一つに繋（つな）がることに、両岸の住人たちが手を伸ばし合うことに反対なのですか？　ひょっとしてそうなのですか？」

シャピロは群衆の中で身動きが取れなくなっていた。顔は蒼ざめ、息が荒かった。手で対岸を示しながら、「私の息子！」とつぶやいた。「私は……私は……すみません……」大きな笑い声が彼の声をかき消した。

「なるほど」議員は、この幕間狂言が聴衆に受けているのを感じ取りながら、ふたたび話しはじめた。「あなたの異論はあまり説得力があるとは思えないと言えば、私は不公平のそしりを受けるでしょうか？」

教授は、議員の話など上の空だった。必死に視線を川の向こう岸に注いでいた。息子はどこだ？　一瞬、姿を見失ったように思えた。それから、すぐにまた見つけた。若者は、あいかわらず顎をあの独特な仕方でそらしながら、橋の前を通り過ぎ、くたびれた様子で遠ざかろうとしていた。

人の話を聞こうともしない、この生意気な小男め！　ペレイラ議員は辛辣きわまりない皮肉を彼に浴びせようとしていた。だがシャピロは、道を切り開こうと決意し、人垣を押してもがきながら、「アルベルト！　アルベルト！」と叫びはじめた。

「何なんだ！」苛立ったペレイラの声がとどろいた。「シーッ！」ふたたびあたりは静まった。教授は誰かに肩をつかまれた。いま一度息子を見つけることができた。若者は立ち止まると、まわりをきょろきょろ見回していた。「アルベルト！　アルベルト！」シャピロはまた声をかぎりに叫んだ。大きな手がその口をふさぎ、彼は地面にひっくり返った。

たくさんの手に抑えつけられていたにもかかわらず、火事場の馬鹿力を発揮して、なんとか立ち上がった。はげしく争いながら、ふたたび一瞬、川の向こう側にいる息子を目でとらえた。若者は、つまらなそうに、職にあぶれた若者のようにしょんぼりとした様子で立ち去っていこうとしていた。

「アルベルト！」シャピロはもがきながら叫んだ。首筋を殴られた。「頭がおかしいんだ！取り押さえろ！」人々は叫んでいた。ペレイラ議員は温和で寛大な人物ではあったが、不意に怖くなった。ひょっとしてこの老人はテロリストではないだろうかという疑念が頭をよぎったのだ。「もういい！　あいつを逮捕しろ！」議員は叫んだ。彼の恐怖が群衆に伝染した。

最後にもう一度伸び上がったとき、シャピロは川の対岸に――たくさんの怒りに満ちた顔と振りまわされる拳の向こうに――家の角を曲がって消えてゆく自分の息子を目でとらえたように思った。ひどい吐き気に襲われた。踏みつけられた。痛烈な拳の一撃をわき腹に受けた。目の前が真っ暗になった。

さらに激しく殴られながら、袋のように地面を引きずられるのを感じた。そしてもちろん、町はこの地上においてどこまでも果てしなく広がり、いまでは地球全体を覆っていた。そして彼の息子はどんどん遠ざかり、城壁や建物に呑み込まれ、混沌と、埃と、何百万、何千万という人の群れの中に消えてしまった。

二人の正真正銘の紳士——そのうちのひとりは非業の死を遂げた——への有益な助言

Qualche utile indicazione a due autentici gentiluomini
(di cui uno deceduto per morte violenta)

ステーファノ・コンソンニという名の、年は三十五くらいの、ちょっと粋な着こなしで、左手に白い小さな紙袋を持った男が、一月十六日の夜の十時に、人気（ひとけ）のないフィオレンツォーラ通りを歩いていると、突然自分のまわりで、大きな蝿（はえ）が何匹もブンブン飛び回っているような音が聞こえてきた。こんな寒い真冬に蝿が？　驚いた彼は、追い払おうと手を振り動かした。だが、羽音のような音は、徐々にささやき声のようなものに変わっていき、やがて、かすかな人の声が聞こえたような気がした。喩（たと）えるなら、会話の途中でテーブルの上に置かれた電話の受話器から相手がしゃべりつづけている声が聞こえることがあるが、まるでそんな感じの声だった。コンソンニは、正直、心臓がドキドキしながら、まわりを見た。通りには人っ子ひとりいなかった。一方の側には家々が建ち並び、もう一方の側には、線路脇の長い塀が続いていて、街灯が一定間隔でともっていた。だが、誰も見当たらなかった。

彼は、その奇妙なささやき声を、まるで蝶（ちょう）でも追い払うように払いのけようとしたが、無駄だった。それから、ためらいがちに思い切って声を出した。「何なんだ？」

コンソンニは当惑し立ち止まっていた。ひょっとして、今夜は少し飲みすぎたんだろうか、と思った。だが、そんなはずはなかった。恐怖をおぼえた。声といっても、それはとても小さなものだった。仮に人の声だとすれば、相手の背丈はせいぜい二十センチほどしかないはずだ。そこで彼は、勇気を出して話しかけた。

「ええい、うっとうしい蠅どもめ、いったい何者なんだ？」

「ひっ、ひっ」彼の右側のすぐそばで、さきほどの声とは違う別の声が笑った。「ひっ、おれたちはぢいさい！」

無理からぬことだが、心配になって、ステーファノ・コンソンニは、誰かが顔をのぞかせて聞いていないかと、近くの家々を見上げた。窓はどれも閉まっていた。

「フェアにいこう」このとき、最初に聞こえた小さな声が、妙にあらたまった真面目な口調で言った。「マックス、名乗るべきではないかね？」（連れに向かって言っているのだ）

「私は、ジュゼッペ・ペテルコンディ教授……いや、ペテルコンディ教授だったものです……それから、あなたに少々迷惑をかけているこちらは、甥（おい）のマックス、マックス・アディノルフィと言い、私と同じ状態にあります。ご迷惑でなければ、あなたのお名前を教えていただけますかな？」

「コンソンニ、ぼくの名前はコンソンニだ」男はぶっきらぼうに答えた。まだ信じられない思いだった。それから、ちょっと考え込んでから言った。「あのう、ひょっとして、あなた方は幽霊なのですか？」

「まあ……ある意味では、私たちをそのように定義づけられると考える者はいますが……」

ペテルコンディは否定しなかった。

「ひっ、ひっ！」ひどく陽気な調子でマックスがふたたび口を開いた。ことさら耳障りで、わざとらしいしゃべり方だった。「おれたちはぢいさい、おれたちは。きのうの夜は、もっと大きな声が出せたのに。きのうの夜は……」そこで笑い出して、言葉が続かなくなった。

「どういうことです？」コンソンニはきき返した。彼は徐々に落ち着きを取りもどしつつあった。

ペテルコンディが控えめな口調で答えた。「じつは、私たちは徐々に消えてゆこうとしているのです。ここには二十四時間しかいられない。急速に消耗するのです。きのうの真夜中からさまよっていて、二時間後には行かなければならないのです」

「はっ、はっ！」すっかり安心したコンソンニは笑った（幽霊でいられるのも、せいぜいこの真夜中までってわけか。そのあとは、いい笑い話の種になるだろう）。そんなわけで彼は、リラックスし切った様子で話しかけた。「ところで、ペテルコンディ教授……」

「ほう、これはすごい」教授が小さな声で口をはさんだ。「なんと機敏な。たいした記憶力だ。もう私の名前を憶えてしまったとは」

「そこなんです」かすかな戸惑いをふたたび感じながら、コンソンニは言った。「あなたの名前はどこかで聞いたことがあると言おうとしていたんです」

「ひっ、ひっ！」甥のマックスが左の耳元で遠慮なしに大笑いした。「聞いたかい、伯父さん？　どこかで聞いたことがあるってよ！　ああ、こいつはすばらしいや！」

「やめないか、マックス」ペテルコンディは、最大限の細やかさと厳しさが混ざった口調で言った。「恐れ入ります、コンソンニさん。じつは、自分で言うのもなんですが、私はちょっと名の知れた外科医だったのです」

『こいつは愉快だ。少しばかり楽しませてもらうか』と男は思った。そして小さな、だがきっぱりとした声で、「ところで教授、何か私に御用で？」と、かしこまった口調でたずねた。

「そのですねえ」と、ペテルコンディ外科医の、目には見えない残留物は説明を始めた。「私たちは、ある男を探しにここに来たのです。片をつけるために。というのも私は、その男に殺されてしまったのです！」

「殺された？　あなたのような方が？　いったいまたどうして？」コンソンニは驚いてみせた。

「強盗目的だったのです」小さな声は、真面目な口調でさらりと言った。

「いつ？　どこで？」コンソンニはずけずけたずねた。

「あの角で、まさにあの角で……ちょうど二か月前に……」

「なんと！」コンソンニは、これほど愉快な思いをしたことがなかった。「すると、あなたは……探しに来られたのですか。そのぅ、自分を殺した相手を……」

「そのとおりです。それで、もしあなたが……」

「ですが」コンソンニは、まるで挑みかかるかのように足を開いて踏ん張りながら、ふたたび口を開いた。「ですが、仮にあなたがそいつを見つけられたとして、いったい何に？……」

「ひっ、ひっ！」若いマックスが憎たらしげに笑った。「たしかにそうだ！　おれたちはこんなにぢいさい！　まったく、なんてぢいさくなっぢまったことか！」

「コンソンニさん、あなたがおっしゃりたいのはこういうことですか」教授は驚くほど落ち着いた口調で話しつづけた。「仮に……そう、仮に私がそいつを見つけ出したとして……いったい何になるのかと……」

「ええ、そのとおりです」コンソンニは笑った。「私が言いたかったのは……」

だがこのとき、不意に沈黙が訪れ、通り全体がしーんと静まり返った。コンソンニは、理由のわからない不安を抱きながら待った。

「えへん、えへん！」ようやく、ペテルコンディが小さな声で咳払いをした。「何になるのかと言われれば……そうですね、まず、私たちは彼を怖がらせることができるでしょう。あなたのように良心の咎めがない人間は別ですが。だが、やつは！　もしやつが私に話しかけられたら、心穏やかではいられないとは思いませんか、コンソンニさん？」

「さあて」コンソンニはかすかな笑いをこらえることができなかった。「きっと、少々戸惑うでしょうね……」

「そう、そのとおり……それから……」

「それからだな」甥のマックスがもったいを付けてじらせながら、あとを継いだ。「それから、おれたちは予言ができるんだ」

「予言だって？」コンソンニは、わけがわからないといった顔でたずねた。「どういうことです？」

「マックスが言いたいのは、その悪党にそいつの未来を教えてやれるということです。そして、それはそいつにとってはたちの悪いいたずらになることでしょう……」

「でも、もしもその未来がすばらしいものだったら？」コンソンニはタバコに火をつけながら異を唱えた。それから頭をちょっと下げながら、「煙がご迷惑ですか？……」と付け加えた。

「誰にとっても」ペテルコンディは、煙のことには触れずに答えた。「誰にとっても、未来はけっしてすばらしいものではありません。たとえば、自分がいつ死ぬかを知るだけで十分です。それを知るだけで、その人間の残りの人生は台無しになってしまうのですよ、コンソンニさん」

「なるほど、そうかもしれませんね、教授！　ところで、寒くありませんか？　ちょっと歩きましょう……」そして彼は、うっとうしいマックスを追い払おうとするかのように、右手で耳の高さの宙を何度も打ち払いながら歩きはじめた。

「ひっ、ひっ！」マックスがすぐに笑った。「伯父さん、くすぐったいからやめろと言ってくれ！」

コンソンニは二十歩ばかり歩いた。遠くから、かなり遠くのほうから市電の音がかすかに聞こえてきた。

「さて、それで……」ペテルコンディは、コンソンニの左のまさに耳元で話しかけた。コンソンニは身震いした。

「それでは……そうですねえ……教授、私はあなたに……何か助言を……役に立つ助言を差し上げることができるかもしれません……」

「ひっ、ひっ！」マックスは、小さい体で顎が外れるほど笑っているにちがいなかった。

「聞いたか、伯父さん！　何か役に立つ助言だと。聞いたか？　こいつはまったく傑作だ！」

「やめていただけませんか？」コンソンニは立ち止まり、心底イライラしながら怒りをぶちまけた。

「ひっ、ひっ！」マックスは、声を抑えるようにしながら、また笑った。「いや、失礼。ところで、その紙袋には何が入っているんです？　中身は何か、教えてくれませんか？」

コンソンニは黙っていた。

「お菓子かな？」マックスが当てずっぽうで言った。「お菓子が入っているんじゃないかな。そうでしょう？」

コンソンニは答えなかった。一瞬、考え込んでいた。それから、からかうような口調で言った。

「ところで失礼ですが、教授、あなた方はこの二十四時間をもっと有効に使うことができなかったんですかねえ？　もし、私があなたのような状態にあるなら、きっと楽しんだでしょうに……」

「楽しむと言うと？」

「道を行く若い娘たちですよ！……そう、あなた方のように小さければ、スカートの中だって……はっ、はっ……じつに愉快でしょうに」

「あのですね」ペテルコンディはあいかわらず真面目な口調で説明した。「そもそも私にそんな性癖は……ともかく、私たちはそうしたことにはもう興味がないのですよ。おわかりですか？」

「はっ、はっ！」コンソンニはふたたび笑った。「それに……それに、もしその娘がおならでもしたら？　飛ばされるかも、吹き飛ばされるかもしれませんしね」そう言って、遠慮なしに笑いころげた。

マックスだけが、やや遅れて、笑いに加わった。だが、例のむかつくような調子で。「ひっ、ひっ！　ああ、たしかにそうだ。おれたちはこんなにぢいさい！」

「コンソンニさん、あなたは私に何か役に立つ助言をくださるとおっしゃっていましたよね……心から感謝いたしますが……残念ながらもう時間がありません……」ペテルコンディは脱線した話をもとにもどした。

「ああ、そうでした」男が答えた。「お与えしましょう……いますぐに……じつはですね、私は警察とは非常によい関係なのです」

「ひっ、ひっ！」マックスは執拗（しつよう）にささやいた。「おれたちはぢいさい、おれたちはぢいさい……でも、予言ができる……」

コンソンニは腕時計を見た。十時三十五分だった。せいぜいあと一時間半で、このうっとうしい連中からは解放される。

「ねえ、伯父さん」このときマックスが、あいかわらず例の陽気で下卑(げび)た口調で言った。「コンソンニさんの鼻のそばにあるものは何だろうね？」

「ほう」ペテルコンディは言った。「気づかなかったな……ちょっと拝見……そう、その小さな赤いしみです。うーん。あまりいいものではありませんねえ、そのしみは……」

「えっ？……というと？」

「つまりですね、コンソンニさん」教授は説明した。「正直なところ、このしみはまったく好ましくないものなのです。申し上げにくいのですが……触ると痛みますか？」

「これですか？」と言いながら、コンソンニは右の人差し指でそっとさわった。

「痛むでしょう？」ペテルコンディは言った。「いつからです？」

「それがどうしたっていうんです？」コンソンニの声はさきほどよりも元気がなかった。

「二か月前くらいです」

「これはすごいことだ。これが二か月前からあったということは……じつに興味深い……」

ペテルコンディはいかにも医者のような口調になった。

「いったい、どういうことなのです？」

「となると、状況はがらりと変わりました、コンソンニさん。最初からわかっていれば、

骨を折らなくてすんだものを」（その声はあまりにか細くて、聞き取るには首を横に傾けなければならなかった）

コンソンニの足は止まっていた。鼻の横のしみにふたたび触れた……。「だから、これといったい何の関係があるんです？」彼はためらいながらたずねた。

「おわかりではないですか？」教授は念を押すように言った。「もう違いはないのです！」

「何の違いです？」

「われわれ二人のあいだに違いはない……ペテルコンディ教授はそう言っているんだよ……」

満足げなマックスの声が聞こえた。「なんとなくわかる気がするよ、伯父さん……でも、すごいよな。元気で健康そうに見えるのに……こいつも招集されたんだ！」そして、か細い笑い声が人気（ひとけ）のない道路に気味悪く響いた。

「だから、何なんです？　教えていただけませんか？」コンソンニは激しい怒りを感じていた。

「肉腫（にくしゅ）ですよ」ペテルコンディは冷ややかに答えた。「そう呼ばれるものです。もう手の施しようがありません」

「ひっ、ひっ。どうか信じてください」生意気なマックスが笑った。「伯父さんは専門家なんだ。信じてください。専門家が言うんだから間違いない……ひっ、ひっ……おれたちは予言する、コンソンニさん……」

「くたばれ！」哀れな男は叫んだ。「医者に診てもらう！　あなたの言うとおりだとしても、治してもらう。治療法はあるはずだ。ぜったい……」

「ひっ、ひっ、医者にねえ！」マックスは冷笑した。「こいつは無駄だということがわからないと見える……あんたはもう、おれたちの仲間なんだよ」

コンソンニは口を開こうとした。けれども、マックスがあざけって言った。

「さあ、おまえの女に菓子を持っていきな！　さあ、走れ、若いの！　彼女に何か役に立つ助言でもしに行くがいい！」

「奇妙な偶然だ」ペテルコンディが重苦しい、だが穏やかでもある口調で言った。「すぐに誰だかわかったよ、コンソンニ……道の向こうからきみが現れた瞬間、きみだとわかった……まあ、あと二か月、長くて三か月だ……さあ、行こう、甥よ……」

コンソンニは首筋に手を当てた。息が止まりそうだった。

「またすぐに会おうぜ、若いの！」マックスが残酷に言った。「クリームケーキを用意しといてくれよ！」

こんどはペテルコンディも高らかに笑った。スズメバチの羽音のようだった。二人はげらげら笑いながら遠ざかり、暗い土手の上の線路脇の壁の向こうに消えていった。

「こんちくしょう！　こんちくしょうめ！」コンソンニは悪態をついた。「ちくしょう！最後に笑うのはいつもお偉い連中なんだ！」

男は、途方にくれて、まわりを見まわした。だが、誰もいなかった。静まり返っていた。ネズミが一匹、マンホールから飛び出してきた。手提げ紐(ひも)が指から滑り、白い紙袋が地面に落ちて、くしゃっと音を立てた。「こんちくしょう！」男はふたたびののしった。そして、鼻の横にそっと触れて、さすってみた。痛かった。

密告者

Il delatore

クインティリウス・ルフス率いる三つの軍団のうちの一つが、野営地でモエシ族[*1]の軍勢に奇襲をかけられ、算を乱して敗走したという知らせが公共広場に届き、人々に非常に大きな驚きを与えた。

「対処法は常にあるものだ」マルクス・ペダニウスがユニウス・ポストゥムスにむかって言った。「私だったらどうすると思う？　昔ながらの対処法だ。わかるかね？　十人のうちのひとりを……スパッ……」そう言って、首をはねるしぐさをした。

ポストゥムスは首を振りながら言った。「十分の一刑[*2]はもう大昔から行われていない……それにルフスも、皇帝の明確な指示でもなければ、勝手なことはしないだろう」

その場に、人品卑しからぬ風体の男がいた。みな、誰だか知らなかったが、何度も見かけたことがあり、馬のような顔のせいで記憶に残っていた。「ペダニウス、きみが主張することは、おそらく行われているだろう……皇帝がしかるべき命令をすでに出していたとしても驚かないよ……きみの卓見のとおり、十分の一刑が行われれば、敗走によって士気を落とした軍隊に活を入れることになるだろう……」

このとき、カエキリウス・レントゥルスという男が会話に口をはさんだ。ひどく気の小さい男で、金持ちであることよりも、度を越した阿諛追従(あゆついしょう)で知られていた。太っていて、興奮すると血管が浮き上がった。

「そうは思わんがね。皇帝はそのような命令はお出しにならないだろうよ」レントゥルスは馬面の男にむかって意見を述べた。

「どうして？」

「皇帝は公明正大なお方だからさ。今回の場合もそうだが、無実の者を処刑するようなことはなさらないだろうよ」

「なるほど、きみはそう考えるんだね、レントゥルス？」

「皇帝陛下は、そんな名誉を汚すような恥知らずなことはけっしてなさらない」太った男は、すっかりゴマすり根性に駆られながら断言した。だが、この男はどうして自分の名前を知っているのだろう？　レントゥルスは戸惑いを感じながら口をつぐんだ。あたりを見まわした。会話の輪はすでに解けていて、彼に注意を向けている者はいなかった。馬面の男は、別のおしゃべり相手を見つけて、そちらに行こうとしていた。

それで、ことは終わった。だが、その会話はレントゥルスに漠然とした不安を残した。彼は落ち着かない気分で立ち去った。まるで、うわの空で、何かいやなことを耳にし、そのときは気にならなかったものの、知らず知らずのうちに、心の中に不安が生じたかのようだった。そして彼は、そうした気がかり、不安感、得体のしれない危惧（きぐ）の念を感じていたが、その理由がわからなかった。そのために、『おれは何かまずいことをしたか、言ったか、聞いたにちがいない。だが、それがいったい何なのか思い出せない』と自問しつづけ、何がまずかったのか、それを見つけ出すために、この数時間、数日の記憶を掘り返してみた。

だがカエキリウス・レントゥルスは、いくら記憶の中を探っても、心配するようなことは何も見つからなかった。そこで、もう考えないことにした。じっさい、日が経つにつれて、不安は消えていったように思えた。ただ時折、おそらくは似たような状況や、場面や言葉の一致が引き金となってふたたび浮かび上がってくることがあった。するとレントゥルスは、仔細に検討し、その理由を突きとめたくなって、よみがえった不安に身を任せた。あたかも、猟師が、巣穴からマーモットが出てくるのを何時間も待ちつづけ、獲物が顔をのぞかせたときをねらって撃つように。ところが、まさにわかりかけて、真実を手の中にぎゅっと握りしめたかに思えたそのとき、毎回、ふたたび何もかもが不意に消えてしまうのだった。

だが、ある日、不可解な悩みは突然よみがえって、その正体を明らかにした。（それはすでに一か月以上が過ぎた頃だったが）簿記係を務める奴隷が、ルフスが彼の第十四軍団の兵士たちの十人にひとりを鞭（むち）で激しく打ち据えて殺したこと、そして、処罰は効果覿面（てきめん）で、ほどなくモエシ族の軍勢は同軍団によって敗走させられたことを、レントゥルスに伝えたのである。それだけではなかった。ことの真偽は定かでないが、十分の一刑は皇帝ご自身がお命じになったもので、ともかく元老院おいて、ファウストゥス・リボリウスが皇帝の英断を讃(たた)え、皇帝も否定することはなかったとうわさされているというのである。

　これを聞いたレントゥルスは、冷たい手で腸(はらわた)を引っ掻(か)き回されるような思いがした。こうしてついに、ずっと収まることのなかった不安の理由を理解したのだった。もうあれから随分経つが、おれはあの日、公共広場で、いまいましいお追従癖のせいで、まずいことに自分の身を危うくしてしまったのだ。たしか『皇帝陛下は名誉を汚すような恥知らずなことはけっしてなさらない』と言わなかったか？　その「恥知らずなこと」はなされてしまった。告発されて死刑に処されるに十分ではないか？

　だが、誰がおれを告発できるだろう？　誰が聞いていただろう？　あの場に居たのは誰だろう？　密偵はそこらじゅうにうようよしているだろう、そう思ってレントゥルスは身震いした。そして、『きょうび、このローマでは、誠実な市民が十人いれば、密告者は少なくとも二十人はいる』という不吉な警句を思い出した。

　正午少し前だった。レントゥルスは、庭に面して開け放たれた大きな部屋の中にいた。静けさの中で、外では、花から花へと飛びまわる虫たちの、眠気をさそう羽音がしていた。それと入れ替わるように、風の吹き方次第で、やわらかな水のせせらぎの音も聞こえた。だが、こんな平和が何になるというのか？　落ち着け。急いで結論を出すな。いまのところ何も起こってはいない。肝心なのは害が及ぶのを予防することだ。彼は自分に言い聞かせた。まず、あの日、おまえが言ったことを聞いていた者たちをひとりずつ思い出すのだ。そして、あのときの場面を頭の中に再現した。記憶の中では、目の前に、穀物租税管理人のマルクス・ペダニウスがいた。最初に十分の一刑のことを口にしたやつだ（まったく余計なことを！）。さいわい、彼はりっぱな男で、控えめで口の堅い性格だ。

もうひとりは年配のユニウス・ポストゥムス。貴族の家柄で、彼も清廉で真面目な人物だ。この二人は心配しなくてもいい（ただ、ポストゥムスについては危険がないわけでもなかった。もう以前とちがって、数年前から彼は法務官たちから疎んじられている。皇帝への忠誠を示すために告発をうまく利用する可能性がないとどうして言い切れよう？）。

それから、ペダニウスの意見に賛同した、あの馬面の男がいる。あいつは誰だ？　見知った顔ではあったが、レントゥルスは名前を知らなかった。そして、そのことが彼を不安にさせた。じつは密偵だったら？　密かに情報を集めている連中は、ふつう、聞き耳は立てても、しゃべらないものだ。だがあいつは、逆に、よくしゃべっていた。見かけも、食い詰め者のようではなかったし、金目当ての密告者に見られがちな軟弱な生白い顔でもなかった。

やがて、レントゥルスが記憶を探るうちに、あの会話の場にいた、それら三人の主要な人物の背後から、別の顔が、霧の中から現れるように浮かび上がってきた。そうそう、いま思い出した。あのとき、おれたちのかたわらを、医者のフロリウス・ネカが通り過ぎた（そして、一瞬、おれと目があった）。それから、掲示板に書かれたお触れを読むのに熱中していたのは、若い行政官のデキウス・アレーナではなかったか？　それから、あのとき、息子を連れて歩いていた哲学者のフラヴィウス・アッルンティウスの足がよろめいて、アレーナにぶつからなかったか？　厳密に言えば、彼らも、さらにほかの者たちも、おれの軽率な言葉を聞きえたのだ。可能性から言えば、彼らも同じように危険かもしれないのだ。

そのようにあれこれ考えを巡らすうちに不安がつのっていった。でも、あれからもう随分と時間が経っている、今頃はおそらく証人たちはすっかり忘れてしまっているだろう。出来事自体は憶えていても、誰があの言葉を口にしたのかは断言することはできないはずだ。そう考え直して、レントゥルスは気持ちを落ち着かせた。きっと何もかも杞憂だろう。だから、おとなしくして、へたに動かず、いつもどおりの生活を送っていればいいと。だが、口で言うのは易しい！　こんな不安を抱えたまま、何もせずに、運を天に任せて、じっとしていられるだろうか？　誰にも、妻や息子たちにも打ち明けることもできずに。

やがて、不安を抑え込むのをやめて、何か行動せねばという思いのほうが優勢になった。

いくつかの方策のなかで、レントゥルスは、もっとも直截的な方法を選んだ。つまり、敵かもしれない者たちと話してみるのだ。つまり、あの日、彼の発言を聞いた者たちに会って話をし、それとなく探りを入れ、憶えているかどうか確認し、もし彼らがはっきり答えようとしないときには、うまく話を引き出すようにする。そうすれば、例の会話が悪い影響を及ぼしているかどうか見極めることができるというわけだ。

カエキリウス・レントゥルスはついていた。広場に着くとすぐに、ポストゥムスとばったり顔を合わせたのだ。挨拶を交わし、しばらく無駄話をしていると、好機が訪れた。レントゥルスは言った。「これで、モエシ族の件も落着だ……言うまでもなく、何もかもルフスのおかげだ。十分の一刑は絶大な効果を発揮したのだから」

ポストゥムスはうなずいた。それも、単なる礼儀としてで、まったく関心がないというふうだった。

「ところがだ」ここで危ない橋を渡ることになるレントゥルスは、いくぶん心臓をドキドキさせながら続けた。「ところが、まさにこの場所で、誰かが言っていたんだ……十分の一刑は恥知らずなことだと。きみも聞いただろう」

「ああ、たぶん」ポストゥムスは、無関心な様子でまわりに目を遣りながら、答えた。「あの件については、みんながいろんなことを言っていたからな……そう……聞いたかも……」

（やれやれ。レントゥルスは言いようのない安堵感とともに思った。彼は何も憶えていない。憶えていないふりをしているなどありえない。彼については安心していい）

ペダニウスとの出会いも、安心させるものだった。

「そうか、憶えていたのか」レントゥルスがその話題に触れたとき、ペダニウスは満足げに言った。「僕がすぐに十分の一刑が必要だと言ったことを？　どこかの間抜けが異を唱えたことも憶えているかい？　十分の一刑なんぞはとんでもない恥知らずな行為だと言って。きみが憶えていてくれてうれしいよ。僕の言ったとおりになったのだから」

彼のあまりに率直な口ぶりに、レントゥルスはほっと大きなため息をついた。では、ペダニウスも憶えていないのだ。

あと探りを入れるべき者は、どこの誰だかわからないあの馬面の男だった。その三日後、レントゥルスは、彼がひとりで広場をぶらぶらしているところを見つけた。レントゥルスが軽く会釈を送ると、相手はすぐに応えた。ふたりは話しはじめた。レントゥルスは巧みな駆け引きによって、目指す目的地へ向かって話を導いていった。だが、モエシ族との戦争については、男はまったく無関心だった。まるで、レントゥルスが月について話しているかのように。

彼は事情に通じていないことを打ち明けた。十分の一刑が行われたことも知らなかった。

本当にやったのか？　ああ、そいつは結構なことだ。この件について議論しているのを聞いたかって？　もちろん。法に関わる人間のあいだでは、意見の分かれるテーマのひとつだからな。いや、何を聞いたかは憶えてはいない。どうして？　ひょっとして誰かが皇帝を批判したのか？　皇帝はあのようなお方だから、自由に大いに議論されることに賛成だ。このように難しい問題はむしろ徹底的に議論されるべきだろう……。こんなふうに、「馬面の男」はとりとめのない長話に興じた。こいつが密告者？　カエキリウス・レントゥルスは、自分がわずかでも疑いを抱いたことを心の中で笑った。こいつは完全に無害な人間だ。一日中おしゃべりして、片一方の耳から入ったことがすぐにもう片方の耳から抜けていくような無駄話に時間をつぶす、愚かな連中のひとりだ。

不安は霧散していった。結局、誰も彼の失言を憶えてはいなかったのだ。それを口にしたレントゥルス本人を除いては。それでも、疑念は強固だったので、彼は徹底的に調査しなければ気がすまなかった。こうして、会って話をすべき、それほど重要でない証人が三人残った。医者のネカと行政官のアレーナ、それに、詩人としても名高く、謎解きが得意で、その知恵を借りるために人々からよく相談を受ける、哲学者のアッルンティウスだ。

一番手近なアッルンティウスから始めることにした。昔からの友人のひとりで、彼とは胸襟を開いて話すことができた。彼の家に会いに行った。

「ねえ、アッルンティウス」レントゥルスが言った。「友人のよしみで、教えてほしいことがあるんだ。ひと月以上前の話だけど、僕が公共広場にいたとき、クインティリウス・ルフスの敗北のことが話題になって、十分の一刑を支持する者と、逆に反対する者がいた。そしてその日、僕の記憶が確かなら、広場にはきみもいた。で、ひょっとして憶えているなら教えてほしいんだが……」

「きみもかい？」

「おかしなこともあるものだ」アッルンティウスが言った。「ちょうど昨日、別の人間がやってきて、私に同じ質問をしたんだ……りっぱな家柄だが、正直に言ってあまり信用のできない男でな。きみも知ってるだろう……マメルクス・ペサトリウスを？」

「いや、知らないね」そう答えてから、恐ろしい疑念とともにたずねた。「えーと、もしかして馬面の男かい？」

「そう、たしかに馬に似ている……では、知っているんだな……ひょっとして最近、彼に会ったことは？」

「今朝、広場で。でも、それが……」

アッルンティウスは両腕を広げて天を仰いだ。

「ああ、なんてことだ！　カエキリウス・レントゥルスよ、逃げるのだ！　そうとは知らず、私はきみを敵に引き渡してしまった。逃げろ！　手遅れになる前に身を隠せ！」

「どうして？　何があったんだ？」

「そのペサトリウスが……私のところにやってきて、皇帝の悪口を言った者を憶えていないかたずねたんだ……いつまでも終わらない長話に付き合わされた。やつが密偵なのはよくわかっていた……でも、想像もしなかった……きみを探しているとは……やつは私にこう言った。『しばらく前に公共広場でルフスの話をしている者たちがいた。そのとき、ある者が十分の一刑は恥知らずな行為だと言って、アウグストゥス帝を非難した。それが誰か思い出せないが、知りたいんだ』と。さらに、やつはこう言った。『アッルンティウス、あんたは、おそらくあの日広場にいて、話を聞いていただろう。そして、聞いていたなら、たぶん誰が言ったのか憶えているだろう。いや、たとえ憶えていなくても、ひとつおれによい助言をしてくれないか』と……正直に言うが、レントゥルス、その会話はまったく不愉快だった。冒瀆者は私ではないかとほのめかすような感じがあったんでな……」

「で、それで、どうなった？」レントゥルスは震えながら、先をうながした。

「それで、私はやつに言った。『その日私が広場にいたかどうかわからない。それにたとえいたとしても、ルフスについての議論は聞いていない……だが、もしきみがその悪口を言った者を暴くことに興味があるなら――私は冗談半分で言ったのだが――待つしかない……きみは待つのだ、そうすれば罪びとは向こうからきみのところにやってくる。たとえきみが罪びとが誰だか憶えていなくても、罪びとはもちろん言ったことを忘れていないし、恐れているだろう。きみのことを疑っているだろう。だから、きみが憶えているかどうか確かめるために、きみを探しに来る……これがしるしだと……」

うめき声とともに、レントゥルスは逃げようとして振り返った。

だが、すでに兵士たちが踏み込んできた。

＊1　「モエシ族」……古代ローマのモエシア属領（現在のセルビアとブルガリアの周辺）に住んでいたトラキア人の一派。

＊2　「十分の一刑」……古代ローマの軍隊で、反乱や脱走、不服従などの場合に規律を保つために兵士に対して行われた刑罰で、十人ごとに一人が選ばれ処刑された。

夕べの小話

Storielle della sera

まだ午後だった。陽射しは十分に美しかった。私は道で人と出会った。「こんにちは」私は言った。相手は私を見て、答えた。「こんばんは」

誕生日

十月十六日の今日、私は五十八歳になる。恐ろしいことだ。あなた方も、いつか同じ気分を味わうことだろう。

誕生日自体は、これまでと変わらないだろう。まあ、数がひとつ増える分、ちょっとばかり憂鬱(ゆううつ)さも増すだろうが。ただ、私の父はちょうど五十八で亡くなった。だから、どうしても比べてみずにはいられない。

大きな美術館を訪れるときには、私はつい同じような比較をしてしまう。そして漠然とした居心地の悪さを感じてしまうのだ。絵の額縁の下に、たとえば、こんなふうに書いてあるのを見る。ラファエロ・サンツィオ（一四八三―一五二〇）。すると、私は計算し、考えてみる。ラファエロはわずか三十七年の生涯だった。私よりも、二十一歳も若くして亡くなったことになる。あるいは、ミケランジェロ・メリージ、通称カラヴァッジョ（一五六九—一六〇九）。わずか四十年の人生だ。私はもう十八年も長く生きている。ヴィンセント・ファン・ゴッホ（一八五三—一八九〇）。ラファエロと同じ三十七年だ。アメデオ・モディリアーニ（一八八四—一九二〇）。たったの三十六年。もし彼と同じ寿命だったら、私はもう二十二年も前に死体になっている計算だ。

彼らは、時間を無駄にしなかった。生まれ、成長し、駆け足であの世に旅立っていった。不滅の栄光を勝ち取るのに、彼らにはわずかな年月で十分だった。片や、私はこの人生で何をしてきたのか？　自分をあのような天才たちになぞらえようなどというつもりはさらさらない。だが、私は何を成し遂げられたのか？　彼らのひとりと比べれば、私はすでに二十年も恵まれている。ほかの者たちと比べても、十年や十五年も。それなのに、私はただぼーっと生きている。まわりをながめて、待っている。まるで、よいことはまだこれから起きるはずだ、急ぐ必要はないとでもいうように。このとき私は、深淵の縁に立っているような感覚、時間を無駄にしてきたという後悔の念、虚無と儚さからくる目眩をおぼえる。

大きな美術館の展示室でのこの数のゲームは、つらくて気を滅入らせる。けれども、総じて彼らは、大昔の人々や伝説的な存在であり、つまるところ、自分とは遠くかけ離れた人々だ。私がより痛切な思いで心をかき乱されるのは、自分を父親と比べたときだ。

父が亡くなったとき、私はまだほんの子どもだったし、父のことはわずかに憶えているだけだ。おそらくは十歳は年上に見える髭(ひげ)のせいで、私の目には、ずいぶん高齢に、年寄りの代表のように映っていた。すでにとても長く生きてきたように見えたし、いつか自分も父と同じ年齢になるなんて、まったくありえないことのように思えた。

ところがいまや、かつては現実味のないことに思えた途方もないゴールに到達したのだ。そしていま、その歳になってみると、私の心の中では相反する感情がかき立てられている。率直に言えば、私はもっともっと生きたいと思っている。けれども、父よりもずっと長生きしたいという望みは、ほとんど不当で、厚かましくて、欲深い願いだと感じずにはいられないのだ。私が長く生きてきて、そのあいだにほとんど何も成し遂げてこなかったとすれば、なおさらだ。つまり、私にまだ残されている時間は、おまけのようなもの、分不相応な恩恵だと言えるだろう。

けれども同時に、私は自分の内に、まったく相反する心の動きを感じている。あなた方は笑うかもしれないが、三十になったときから今日まで、私は自分が大きく変わったとは思っていない。生き方も変わっていない。もちろん、使えるエネルギーの総量は減少している。だが、質的な面での能力には違いがない。たとえば、かつては平気で八時間働きつづけていたが、いまではぶっつづけに働けるのは、せいぜい四時間くらいだ。それでも、働いていることには変わりがない。かつては、プラトー・ローザ[*1]からスキーで、日に七、八回滑り降りていたが、いまは三回にしている。だが、それでも滑っている。それも、おそらく昔より上手に。つまり私は、あるランクから別のランクに移行したわけではない、青春時代はまだ終わっていないという、馬鹿げた、あきれるような感覚でいるのだ。たとえ――自分でもよくわかっていることだが――鏡に映った姿や歳や他人が私を見る目が、それをはっきりと否定していても。

こうして私は、一九六四年十月十六日の今日、少なくとも年齢的には私の出番はもう終わったのだという諦念（ていねん）と、はるかな未来への期待、幻想、望み、たわけた希望のあいだで、その時々によって揺れ動いているのだ。

烏

大実業家が落ちぶれた。疲れ果て、精根尽きたと感じていた。田舎にある別荘に引きこもると、友人たちは、ひとり、またひとりと彼のもとを去っていった。彼は庭に座って、周囲の木々を住処にしている烏（からす）たちをながめ、その声に耳を傾けながら日々を過ごしていた。烏の言葉がわかるようになり、彼らとおしゃべりしはじめた。毎日、何時間も、烏たちとおしゃべりしていた。使用人たちは、暇を持て余し、給料も安かったので、辞めていった。ある朝、目が覚めると、大実業家は烏に変身していた。烏たちは、オンボロの古い巣を住処として彼にあてがった。だが、老齢と経験のなさとで、巣を修理することができなかった。ほかの烏たちもあえて手を貸そうとはしなかった。その巣は自動車道のそばの木の上にあり、巣の中に雨が降りこんだ。夜にはずぶぬれになり、かじかんだ体で羽をふるわせながら、大排気量の高級車が通り過ぎるのを眺めていた。車には、大きな商談をまとめ、美人秘書を連れてトリノからもどるかつての同僚たちが乗っていた。

家

きみがその家で暮らしはじめれば、間借り人たちは、きみを大歓迎するだろう。みんな、善良で感じのいい人たちだ。きみは気に入られるだろう。たとえば、ギラルドゥッチは気さくな青年だ。それにフォッサドーカ夫妻は得難い隣人ではないだろうか? ポルパル医師や、ピアノ講師のマストルナ嬢、時計職人のラトラーニ氏と友だちになるだろう。いや、全員と少しずつ仲良くなっていくだろう。まるで家族といっしょにいるかのように、愛情という鎧(よろい)で人生に待ち受ける危険から守られて、きみは居心地がいいにちがいない。

けれどもある日、ドアの外のひそひそ話を耳にするだろう。きみは顔をのぞかせる。歯科医のチェラミーニと四階のユーゲリ夫人がくすくす笑っている。「なんですって? あなたはご存じではないのですか？」彼らはきみに言う。「フォッサドーカ夫妻のことを、何も聞いていらっしゃらないのですか？」「というと？　何かあったんですか？」「あったも何も」彼らはきみに耳打ちする。「じつはですね……ヒソヒソヒソヒソヒソヒソ……まあ、あきれるじゃありませんか」

次の日、マストルナ嬢がきみを呼び止める。「何ですって？　聞いてらっしゃらないの？　ラトラーニさんのことを……」「彼がどうかしたのですか？」「おやおや。いえね、この目で見たってわけじゃないんですよ。でも、みんなが言うには……ヒソヒソヒソヒソヒソ……」

また次の日、こんどはラトラーニ氏が、マストルナ嬢のよからぬうわさをきみに伝える。そしてマストルナ嬢はポルパル医師の、ポルパル医師はユーゲリ夫人の陰口を叩き、こんなふうに際限なく絡まり合っていく。

やがて、同じことがきみ自身にも降りかかっていることに気づく。はたして、フォッサドーカ夫人がきみに言う。「ラトラーニさんと話すときは注意なさったほうがいいですわよ。私は信じませんわ。でも、あなたのことを何と言っているか、ご存じですか？」「何と言ったんですか？」「こう言っていたんですのよ、あなたが……ヒソヒソヒソヒソ……」それから時計職人のラトラーニ氏に会うと、彼はきみにこう言う。「きのう、ギラルドゥッチがあなたのことを話しているのを耳にしたとき、私がどれほど腹を立てたか、ご存じですか？」「というと？　何と言っていたのですか？」「あなたが……ヒソヒソヒソヒソヒソ……と言うのですよ」それから、ユーゲリ夫人も、ポルパル医師も、フォッサドーカ夫人も、親しい友人たちが全員、きみが立ち去るやいなや、きみの陰口を叩きはじめる。ようやく、きみは理解するだろう。きみのもっとも親しい友人たちも、そうでない者も、そろいもそろって小さなろくでなしであることを。そして、きみに何か災難でも降りかかれば、ほくそ笑むということを。彼らはみな洗礼を受けた人たちだが、原罪の力は衰えることを知らないのだ。

だが、どうかきみは抗（あらが）ってほしい。感情に押し流されて、同じ武器で応酬すべきではない。いまこそ、いにしえの哲学者たちの言葉を思い出すのだ。きみのほうからは同情と善意で応えること。それが唯一の対処法だ（そうできればの話だが）。そうすれば、きみの親しい友人たちもいつかは……

犬

日が傾きはじめた午後、ピアーヴェ通りでのこと。一頭のボクサー犬が年老いた主人の前をゆっくりと歩いている。主人はひとりの若者と立ち話をしている。だが犬は、ときどき立ち止まって、上を見る。街路樹を見上げているのだろうか？　じっと眺めている。いや、木ではない。並木が尽きても、犬はまだ上を見ている。空を見ているのか？　主人はまだ後ろだ。そして犬はふたたび歩き出す。ゆっくりと。

手相見

死刑囚が、最後の望みをたずねられた。

「手相見に見てもらいたいんだが」彼は答えた。

「どの手相見だ?」

「アメリアだ。王の手相見に」と言った。

じっさい、アメリアは当代きっての手相見だった。王は彼女に全幅の信頼を置いていて、何かを決めるときには、その前にかならず彼女に相談した。

こうして、死刑囚は手相見のところに連れていかれた。手相見は彼がどんな人間だか知らなかった。女は左の手のひらをじっと見ると、微笑(ほほえ)みながら告げた。「お若いの、あなたはじつに幸運な人です。長寿に恵まれるでしょう」

「もういい」死刑囚は言った。そして牢に連れもどされた。

その話はすぐに巷(ちまた)に広まった。人々は腹を抱えて笑った。だが、次の日の朝、男が処刑台に連れていかれたとき、死刑執行人は、首を切り落すために振り上げた斧(おの)を、はたと止めた。そしてすすり泣きはじめた。

「いやだ、いやだ」死刑執行人は叫んでいた。「おれにはできない！　もし陛下がお知りになったら！　おれには絶対できない！」そして斧を投げ捨てた。

戦闘

凄まじい白兵戦だった。おれたちは若くて、強かった。進軍ラッパが鳴り響いていた。戦いつづけるうちに、おれたちは徐々に敵を退け、少しずつ勝利していった。勝ち戦だった。ところが、突然、まったく予想もしていなかったときに、仲間のひとりが剣に刺し貫かれて倒れた。それからは、壮絶な戦いになった。おれたちは敵を撃退しながら、りっぱに戦いつづけた。それでも周囲で、ひとり、またひとりと、味方が倒れて死んでいった。心の奥底では、卑劣にも、やられたのは自分たちではなくほかの者だったことを喜んでいた。おれたちのほうは、ますます見事な戦いぶりを見せていた。とうとう仲間がことごとく討ち死にし、生き残っているのはおれたちだけになった。そしてもはや、戦う相手もいなかった。

勝利だ！　勝利だ！　おれたちは勝関(かちどき)を上げた。だが、勝利に何の意味があるだろう？

＊1　「プラトー・ローザ」……スイスとの国境にある標高三千四百八十メートルの氷河。夏スキー場として知られる。

流行り病

L'epidemia

午前八時半きっかりに、エンニオ・モリナス大佐は、広々とした暗号解読課の部屋の奥にある自分の事務机に腰を下ろした。その省に所属するすべての軍人たちと同じように、私服を着ていた。彼は課長なので、その机は、部下の暗号解読員たちの作業台が見渡せる、一段高くなった場所に置かれていた。一種の高座だった。周囲の壁は、本や記録簿でいっぱいの高い書架で覆われていて、辞書や百科事典、地図帳、人名辞典、新聞や雑誌、整理カードなどの参考資料と調査に役立つ素材が収められていた。戦争のために組織された広々としたオフィスは、いま、ゆったりとしたリズムで動いていた。だが、課のスタッフは申し分ないものだった。その分野では、国でもっとも優秀な男たちだった。省内では、冗談めかして「二十四人の天才たち」と呼ばれていた。

大佐は髭（ひげ）をなで、出勤簿を開き、つい先ほど秘書が作成した午前のメモを読み、それから、そこに書かれていたことを確認するために目をあげた。二十四の机のうち、八つは空だった。

「うーむ、うーむ」いつもの癖であるしぐさとともに、つぶやいた。前列に座っていた暗号解読員のひとりが、モリナスの心配げな目と合って、微笑（ほほえ）みかけた。部下とは距離を置いて接することもできたが、いつも愛想のいい大佐は頭を振った。部下は精一杯の笑顔を作って言った。「大佐殿、この調子で行きますと、数日のうちにこの課には誰もいなくなってしまいます」モリナスは、何も言わずにうなずいた。

そのとき、通信傍受・妨害課の事務官で、痩せぎすでひょろりとした長身のズブリンツェル氏が、解読と翻訳が必要な暗号文のはいった紙袋を持って、部屋に入ってきた。慎ましい役職に就いているにもかかわらず、ズブリンツェル氏は重要人物のように見なされていた。うわさでは内務大臣の身内だとか。だが、それは作り話かもしれない。間違いなくスパイだと言う者たちもいた。要するに、怖れられていたのだ。そして、彼のいるところでは、余計なことを言わないようにみな用心していた。

ズブリンツェルが入ってくるのを見たとき、大佐は、まるで彼が上司であるかのように、思わずさっと気をつけの姿勢を取りそうになるのを抑えた。そのかわり、彼にむかってにっこりと微笑んだ。ズブリンツェルは、壇の上にのぼって、机の上に紙袋を置き、大佐の手を握ると、ウインクしながら、三分の一が空になった解読員たちの机に目を遣った。「へっ、大佐殿、またずいぶんと追い出したもんですねえ」なぜだかズブリンツェル氏のジョークには、いつもわかりにくいところがあった。

「インフルエンザのせいですよ、ズブリンツェルさん……悪いことに、今年はかなり流行っていましてね……さいわい、いまのところは、軽い症状ですむ型ですが……四日も寝ていれば、治りますすよ！」

「へっ、四日ねえ！　もしかすると四年かもしれませんよ！」ズブリンツェルはにやにやしながら言うと、心から愉快に思っている感じのしない、冷たくて、硬い、いつもの嫌らしい笑い方で笑った。

モリナスは理解に苦しんだ。「四年ですって？　インフルエンザで四年も寝込む人がいるでしょうか？」

「へっ」あいかわらず、その鼻にかかった声でズブリンツェルは言葉を継いだ。「私の意見を言わせていただければ、いまは、まあ、軽いものでしょう。ですが、私にとっては、スペイン風邪のほうがましですがね。どんなに危険でもね……。今回のインフルエンザは、あの世行きになることはありませんが、でも、じつに不愉快なものですよ！」そう言って、ふたたびウインクした。

「不愉快……そりゃそうだ！　不愉快でないインフルエンザなどあるでしょうか？」

「へっ、大佐殿は、ご存じないようですねえ」

「ご存じないとは？　何のことです？」

ズブリンツェルは頭を振った。「へっ、失礼ですが、大佐殿、暗号解読課の長にしては間が抜けていますねえ。私なんかは、ちゃんと見抜きましたよ」

「見抜くって、何を？」大佐は不安になりながらたずねた。

「へっ、へっ。まあ、こうも言えますなあ。あなたは真面目な人だ。慎重な人だ。慎重な人間でなければ、いまのポストには就けないでしょう」ズブリンツェルはここでしばらく間を置いて、相手が不安がっているのを楽しんでいた。それから声をひそめて、たっぷり謎めかして言った。「大佐殿、お気づきではないのですか？　このインフルエンザには誰もが罹るわけではないということを？」

「よくわかりませんが、ズブリンツェルさん。私にはさっぱり……」

「それでは、ご説明しましょう……この細菌だかウイルスだかは……つまりですねえ、独特の嗅覚を備えていて、見分けることができるのです。言うならば、人の心を読むことができるんです……そして、こいつを欺く方法はないのですよ！」

モリナスは困惑顔で彼を見た。「あのう、ズブリンツェルさん……冗談をおっしゃっているのですか？……そんな謎かけみたいな話し方されると、ぜんぜんわかりませんよ。今日は少々頭の働きが鈍いせいもあるかもしれませんが……起きたとき、頭痛がしてましたし……いえ、私も罹ったというわけではないですよ……」

「へっ、あなたはちがいますよ。大佐殿、あなたは！　あなたがインフルエンザに罹るはずはない！　軍律の権化みたいなお方ですからね！」

「軍律と何の関係があるんです？」

「へっ、大佐殿、今日は本当に冴えないご様子ですね……」さらにズブリンツェルは声をひそめながら言った。「早い話が、こういうことです。もし、誰かがこのインフルエンザに罹ったとしたら、そいつは政府の敵だということを意味するのです」

「政府の敵？」

「へっ、私も最初は信じられませんでしたよ……でも、納得せざるを得ませんでした。よいですかな、我々を導く首相の才覚がいかに偉大かは疑うべくもありません……これは国家の脈を測るための恐るべきアイデアなのです……官製インフルエンザなのですよ！　すごいじゃありませんか！　このインフルエンザは、厭世主義者や、懐疑主義者や、反体制派や、あらゆる場所に巣くう祖国の敵だけに感染するのです……そうでない者たち、献身的な市民や愛国者や真面目な奉仕者たちは、まったく罹らないのです！」

大佐は異を唱えた。「冗談はよしてください、ズブリンツェルさん、まさか、そんなことが！　それじゃ、今日休んでいる者はみな、政府に敵対する者たちだというのですか？」

「へっ、信じられないとおっしゃるのなら、考えてみてください。当てはまるかどうか検討してみてください、ひとりひとり……驚くべき一致が見られませんか？……たとえば、その作業台は誰のですか？」

「レコルディーニ中尉のですが」

「へっ、そのレコルディーニはわれわれの体制に反対していないと言い切れますかな？　ちょっと思い起こしてみてください……きっと何度か本音をもらしたことがあるはずです、そのレコルディーニは。あなたに胸の内を語ったことがあるはずです、へっ……」

「そりゃまあ、たしかにレコルディーニは熱狂的な支持者とは言えませんが……でも、だからといって、彼を非難するのは……」

「へっ、どうですかな。官製インフルエンザは間違うことはありません……では、そっちの作業台は？　誰の席です？」

「クイリコ教授のです。三重暗号メッセージの専門家です……この課で一番すぐれた頭脳の持ち主です」

「へっ、やっぱり！　私の記憶違いでなければ、もめ事を起こしたことがありましたな、教授は。去年、あやうく首になりかけた。そうでしょ？」

「ええ」大佐は不安になりながら認めた。「でも……でも、ほかの病気に罹って休んでいる者がいるかもしれません……危うい方法です、これは……いまに間違いを犯しますよ」

「へっ、ご心配なく、大佐殿……その点については情報部が力を貸してくれますから……

ちょっと名簿をみてください……インフルエンザに罹っている場合、不在者の名前の横に小さな赤い×印がありますから……抜かりはないでしょ？」

大佐は自分の額に手を当てた。『もし、私も病気だったら？』彼は心配した。『残念ながら、私も何度か首相を呪ったことがある。考えを抑えることなんてできるわけがない』

「へっ、頭が痛いのですか？……大佐殿、今日はかなり顔色が悪いですよ」そう言って、ズブリンツェルは意地の悪い薄笑いを浮かべた。

「いえいえ。もう治まりました」モリナスは気持ちを落ち着けながら言った。「おかげさまで、元気そのものです」

「へっ、それはけっこう、大変けっこうなことです……では、後ほど、大佐殿、へっ」ズブリンツェルはふふっと笑いながら、去っていった。

冗談だろうか？　ズブリンツェルは私をからかうつもりだったんだろうか？　それとも、国家は本当に、良心をテストするために、そんな恐ろしい手段を開発したのだろうか？　モリナスは休んでいる八人の部下をひとりひとり検討していった。そして、考えれば考えるほど、官製インフルエンザは——それが本当に、ズブリンツェルが言うようなものであるなら——きわめて的確に取りつく相手を選んだことを認めざるを得なかった。ある者はある理由から、またある者は別の理由から、八人が八人とも、愛国心という点では疑わしいところがあった。八人とも非常に知的で、八人とも、知性というものは、こと政治的信条に関しては、マイナスの要素だということを知っていた。しかしここで、彼は自問した。『だが、このいまいましい細菌だって、ときには間違えて、潔白の者に感染することだってあるんじゃないだろうか？　おれのような人間にも？　それに、そもそも潔白な者などいるんだろうか？　首相に対して敵意や不敬な思いを一度も抱いたことのない者などいるだろうか？　万一おれが病気になったら、どうなるんだろう？　解任されるのか？　裁判にかけられるのか？　いや、だめだ。絶対に屈するもんか。たとえ具合が悪くても』

じっさい彼は具合が悪かった。頭痛はますますひどくなり、耳の奥がガンガンしていた。体を温かくして休みたかった。それでも、気力をふりしぼってズブリンツェルが持ってきた紙袋を開けた。暗号文を確認して仕分けた。だが、目がかすんできた。

わけのわからない数字で埋まった紙を調べるふりをしながら、脈を測り、時計を見ながら脈拍を数えた。脈拍数は九十八だった。やはり、熱があるのか？　それとも、単に不安にかられたせいか？

昼休みに家に帰ると、すぐに体温を測った。十五分以上体温計をはさんでいた。結果が怖くてなかなか見ることができなかった。ようやく意を決して、目盛りを読んだ。息が止まりそうになった。三十九度近かった。

キニーネ剤をたっぷり飲み、ガンガンする耳と動くたびにズキズキする頭で、午後にはオフィスにもどった。奇妙なことに、机のそばでズブリンツェルが待っていた。意地悪な目つきで彼をしげしげと眺めた。「大佐殿、失礼ですが、昼食に少々飲みすぎたのではないですか……目が潤んでいますよ、へっ！」

「グラスに二、三杯です。二、三杯だけですよ」モリナスは相手の攻撃をかわすために言った。

「へっ、ところで、頭痛は治まったのですか？」

「ええ、ええ、治まりました」大佐は苛立ちながら言った。そして、仕事で忙しいふりをして、書類の山をかきまわした。

いったんズブリンツェルは帰っていったが、またすぐにもどってきた。彼にとっては、たびたびやってくるための適当な口実を見つけることなどたやすいことだった。そして例の曖昧な質問で攻め立てはじめた。大佐殿はどうして首に毛糸のマフラーを巻いておられるのですか？　寒いのですか？　それとも咳のせいですか？　喉がひりひりするのですか？

モリナスは何とかごまかした。だが、へとへとだった。ズブリンツェル氏の言葉が頭の中で鐘の音のように響いていた。首筋は鉛のように重たかった。寒気もした。胸は息苦しくて焼けるようだった。流行性感冒にちがいない。間違いなくインフルエンザだ。だが、事態を悪化させるだけだから、誰にも話すわけにはいかなかった。そして、あのいやらしいスパイのズブリンツェルはといえば、モリナスの具合が悪いことを察しており、彼が倒れるのをいまかいまかと待っているのだった。

だめだ、負けるわけにはいかない。翌日、熱が三十九度を超え、頭は灼熱(しゃくねつ)の鉛でできているようだったにもかかわらず、大佐はまだ彼の席に着いていた。「大佐殿、いったいどうして、今日はそんなに顔が赤いんです?」「寒さのせいでしょう」屈服しない決意で彼は答えた。「へっ、大佐殿、震えているように見えますが。どうしてそんなふうに震えてらっしゃるのですか?」「震えてる? まさか」「大佐殿、もし具合が悪いのであれば誠に残念です」「具合が悪いだなんて、とんでもない……ただ、喉が少しひりひりするだけです……」三十九度、三十九度五分。大佐は、ロボットのようにいつもの時間に出勤し、部下たちに仕事を分配し、それから、陰気な咳をひとつして、机でじっと動かずにいた。「へっ、大佐殿、気管支炎に罹られたのですか?」「いいえいいえ、ただの咳ですよ……私は元気そのものです」

四日目。もう限界だった。「コーヒーを飲みに行きませんか？」明らかに彼を試すために、ズブリンツェルが誘った。外はシベリアのような寒さで、オフィスの中は暖かいにもかかわらず、大佐は熱のせいで歯をガチガチ鳴らしていた。「いえ、けっこう。今日はやることがたくさんありましてね」「へっ、ちょっと席を外すだけですよ。二分間だけ」「いえ、けっこう。ズブリンツェルさん」「へっ、ひょっとして今日は具合が悪いんじゃないんですか？」「いやいや、どこも悪くありません」「へっ、どうかお気を悪くなさらないでください。今日のあなたはお顔が少しやつれていらっしゃるので、そう言ったのです……」

五日目は、立っているのもやっとだった。インフルエンザに罹った部下（今では十六人だった）は誰ひとり職場に復帰していなかった。どこにいるんだろう？ 様子を窺うために家に電話してみても、家族は「いません」と答えるだけで、ほかには何の説明もなかった。刑務所に入れられているのか？ 身を潜めているのか？ 流刑に処されたのか？ モリナスはひどい肺炎に罹っていることを確信していたが、医者に診てもらおうとは思わなかった。医者は、ベッドで寝ているように言うだろうし、おそらく病気であることを役所に伝えるだろう。

六日目。二十四の作業台には誰もいなかった。全員、インフルエンザに罹ったのだ。ズブリンツェルはこれまで以上ににやにやしていた。「へっ、へっ！ インテリを警戒されていた首相は間違っていなかったようですね。名高い暗号解読課でまだ元気なのは誰でしょう？メッセンジャーボーイ、守衛、事務員、頭の単純な者たちや政府を心から信じている者たちだけです！……それに引きかえ、天才たちは全員ベッドの上だ。政府を憎んでいる天才たちは！……へっ、へっ、唯一の例外は、まだ頑張っておられる大佐殿だけですな！」そしてズブリンツェルは、『大佐殿、遅かれ早かれあなたも倒れるでしょうよ。あなたも同類ですから！』とでも言いたげにウインクした。

八日目。胸は火鉢のように熱く、体温は四十度近かったが、大佐はいつもの時刻にオフィスに入った。まるで幽霊のようだった。まもなくズブリンツェルがやってきて、彼に立ち向かわないといけないと考えただけで、甘ったるくて重苦しい吐き気が腹の底からわき上がり、洗面台に水がたまるようにどんどん高まっていった。

ところがその朝は、ズブリンツェルはなかなか姿を見せなかった。モリナスは考えた。あいつはおれがインフルエンザに罹っていることなどとっくにわかっているだろう。やつはおそらくそのことをすでに知らせていて、おれはすでに破滅している。もう何もかもおしまいだ。だから、ズブリンツェルは姿を見せないんだ。

まもなく、がらんとして静まり返った部屋に、足音が近づいてきた。ズブリンツェルではなく、彼の部下のひとりが暗号文のはいった紙袋を抱えていた。「ズブリンツェルさんは？」

大佐はたずねた。

相手は、両手を広げて絶望のしぐさをしてみせた。「今日はお見えになっていません。病気で寝込んでしまって来られないのです」「病気だって?」「高熱だそうです」「えっ? ズブリンツェル氏が?」「あの人もインフルエンザなんです……それも重症の」「ズブリンツェル氏がインフルエンザ? ズブリンツェル氏が? まさかからかっているんじゃ?」「どうしてです? 何か変ですか? 昨日からあまり体調がよくなかったのです……」

大佐は椅子の上でしゃんと背筋を伸ばした。希望と活力が体中にあふれてきた。それじゃ、おれは助かったんだ! 勝ったんだ! 破滅するのは、やつのほう、あの薄汚いスパイなんだ! モリナスはいまでは自分が別人のように感じていた。もう吐き気もしなければ、胸も焼けない、熱も感じなかった。

深く息をした。この何年間かで久しぶりに目を上げて、窓の外を見た。冷たい屋根の向こうの、ガラスのように澄み切った空の下で、遠くの山並みが雪で白く輝いていた。銀色の雲が飄々とただよっているようだった。雲は、惨めな地上からはるか高いところを、ゆっくりと流れていた。彼はその雲を見つめた。雲が存在していることをどれくらい前から忘れていただろう? われわれ人間たちとは何と違っていることだろう。ああ、何と美しく、純粋なのだろう。彼はそう思った。

怪物

Il mostro

六月のある昼下がり、ゴッジ家で家政婦兼家庭教師として働いているギッタ・フライラバーは、部屋にたまった古新聞の束を置きに、マンションの屋根裏にある物置部屋に行った。そこは、ふだん女中たちが大きすぎてゴミに出せない不用品を放り込んでおく場所だったが、彼女は、その暗い部屋の奥で、恐ろしい怪物を見つけた。

それは、棍棒（こんぼう）のような細長い形をしていて、はっきりした手足がなく、部屋の隅にたたずむようにじっとしていた。色は黒みがかった紫色で、柔らかく、弾力のある肉でできていて──はたして、これを肉と呼べるだろうか？──ぴくぴくと脈打っていた。まるで腫瘍（しゅよう）か何かのようだった。頭頂部には、気味の悪い瘤（こぶ）が突き出ていて、目か口とおぼしき穴がいくつか開いていた。それとも、目でも口でもないのかもしれなかった。薄暗くて、最初はそれが何だかわからなくて、近づいてよく見ようとしたフライラバー嬢は、その物体に触れるやいなや、生温かくてぬめぬめした肉があとずさりするのを感じて、悲鳴を上げて卒倒した（彼女は相手の正体がわからず、ヒキガエルかイモリのような生き物に触れたと思ったのだ。もしも怪物だとわかっていたら、おそらくその場でショック死していただろう）。だが、気丈な彼女は、意識を取りもどすと、恐怖で取り乱すことなく、しっかりと立ち上がり、物置部屋の扉を閉めて、外から掛け金を掛けた（慌てていたにもかかわらず、扉が閉まる瞬間に、ほんの一瞬ではあったが、いましがた目の前に現れたものにちらりと視線を投げかけ、その異様な姿に恐怖でいっぱいになった）。それから衣服を整え、埃をパッパッと払うと、自分が見たものははたして現実だったのだろうかと自問しながら階段を降りた。

その時刻、ゴッジ家には、あまり親しみの持てない女中のほかには誰もいなかったので、管理人室に降りていった。そこで初めて恐怖に圧倒された。荒い息で管理人の女の肩にしがみつくと、口ごもりながら言った。「大変！　屋根裏部屋に……屋根裏部屋に……」それ以上、言葉が出なかった。管理人は、彼女が取り乱しているのを見て、小さなソファーに座らせ、何か自分の助けが必要なことが起きたのだろうと思いながら、それまで作業をしていたアイロンのコンセントを抜くと、フライラバー嬢のとなりに腰を下ろし、力づけるために彼女の両手をポン、ポンと叩きながらたずねた。「さあさあ、いったい何があったの？」

ようやく、ふうーっと大きく息をついたギッタは、「屋根裏部屋に、物置部屋に……生き物が……気味の悪い生き物が……怪物がいるんです！」と言葉を絞り出すと、わっと泣き出した。

ところがこのとき、ひとりのドライバーが管理人室に入ってきて、荷物を運び入れるので門を開けてくれるように頼んだ。管理人の女は、「ごめんなさい」と言うしぐさをして、フライラバー嬢を残して出ていった。家庭教師は、急に実際的な現実の世界に引きもどされた。だが、そのおかげで、彼女は気持ちを落ち着かせることができた。その間、最初に感じた恐ろしさは消えてゆき、『あれは見間違えだったのでは』という疑念が頭をもたげた。だが、そうでないことはちょっと考えれば明らかだった。明確な結論は出なかったが、彼女はあれこれ考えを巡らせてみた。『いったい、何の生き物なのかしら？　大きくて醜い爬虫類？　でも、どうして屋根裏部屋に？　これまで自然界ではほかに見つかったことがなかったっていうの？　それとも、ひょっとして秘密なのかしら？』そんな疑念も抱いた。『一握りの科学者たちだけが知っている秘密で、世間の人たちが不快に思わないように、長い間ずっと隠してきたのかしら？　それとも、私が知らないだけで、ああいう気味の悪い生き物も存在するのかしら？』

管理人がもどってきた。陽気な性格の女は言った。「で、お嬢さん。屋根裏部屋で怪物を見たんですって？　そりゃ、きっとネズミよ。ほかに何がいるっていうの？」

「まだそこにいます。じっとしています」フライラバー嬢は言った。管理人の彼女に対する温かい態度には、既婚女性が適齢期を過ぎた未婚の女性に対して抱きがちな、嘲り（あざけり）と哀れみを感じさせるところがあった。ギッタ嬢はまだ若くて溌剌（はつらつ）としていたが、生娘のまま干からびかけていて、そのせいで少々ヒステリックになっているのではないか、そんな漠然とした疑いを抱いていたのだ。

「じゃあ、うちの人がもどってきたら、見に行きましょう。管理人室を空けるわけにはいかないから。いっしょに見に行きましょう」

「まあ！　あそこにもどるなんて、とんでもない！」ギッタは、少し笑顔を作って言った。

そんなわけで、あとで、管理人の夫で家具職人のエンリーコがひとりで屋根裏部屋に向かったのだった。すでに日が暮れていたので、手には懐中電灯を持っていた。娘はきっと幻を見たのだと考えていた。物置部屋の扉を開けて、中をくまなく調べたが、はたして、怪しいものなど何も見つからなかった。家庭教師が怪物を見たという部屋の隅には、黒っぽい褐色のゴム引き布の袋が置いてあるだけだった。袋の中には、マンションの住人のひとりが病気になる数年前まで使っていた釣り道具が入っていた。エンリーコは袋に触れて揺すってみたが、動かなかった。中にはきっと分解した釣り竿が入っていて、だから袋がこんなふうにまっすぐに立っているのだろう。おそらく網か、カバーか何かのせいで袋がふくらんでいるのだ。怪物が見つからなかったことにまったく驚くこともなく、エンリーコは、扉の掛け金を掛けると、降りていった。

「袋でしたよ。あなたが見た怪物の正体は」管理人室にもどるなり、エンリーコは笑いながら言った。顔を真っ赤にしてフライラバー嬢も笑った。「袋ですって？」「ゴム引き布の袋です。中には釣りの道具が入っていました」「でも、私は触れたんです。動いていました！」「ほう！」彼は愉快そうに声を上げた。「そりゃ、動いたでしょう。あなたが触ったんだから。幻でも見たんでしょうよ！」「幻ですって？　私は、死ぬほど恐ろしい思いをしたんですよ」「でも、この目でよく確かめました」エンリーコは腹の底から笑いながら言った。「さあ、これで安心されましたか？」

たしかに、ギッタ嬢は気持ちが落ち着き、上の階に上っていった。その後ろ姿を見送りながら、夫婦はいかにも意味ありげな眼差しを交わしていた。結局、あれは目の錯覚だったのだ、ということになった。にもかかわらず、心配を一掃するに足るエンリーコの報告も、彼女が受けたショックをすぐには消してくれなかった。屋根裏部屋に上って自分の目で錯覚だったことを確認したいという誘惑に何度も悩まされながら、ギッタ嬢は、その日の夕方はずっと考え込んでいた。おそらく、この出来事をゴッジ家の人々に話すことができたなら、気が楽になっただろう。けれども、三人の子どもの世話を一手に引き受けている立場だったので、黙っているほうがいいと考えた。それに万一、夫人から、夢想家でヒステリックなところがある娘だと思われでもしたら？

その一方で、この件を何でもないこととして終わらせるために、管理人の女に黙っていてくれるように頼んだりもしなかった。そのため、マンションの住人全員の知るところとなり、みんなから笑いの種にされた。お手伝いや女中はさっそく、彼女に「怪物のお嬢さん」というあだ名をつけた。それにゴッジ夫人まで、帰宅するなり、彼女にこう言った。「それで、ギッタ、怪物の件はどうなったの？　本当にいたの？」不意を突かれた娘は真っ青になった。それは、困惑するような質問や皮肉を投げかけられるのを心配してではなく、馬鹿げたことに、突然彼女の心の中で、なぜだか怪物は本当に存在するという確信がよみがえったからである。ギッタ嬢は気持ちを落ち着かせながら、冗談めかして答えた。「何をおっしゃるんです、奥様。私は、それはもうひどいショックを受けたんですよ。何か動物が、怪物みたいな生き物がいるように思ったんです。暗い場所では、そういうこともありますわ」「そうね。あなたには想像力豊かなところがあるから。でも、ここまでとはねえ！」夫人はかすかな不快感を表しながら言った。「こんど屋根裏部屋に行かなくてはいけないときには、アンナを行かせましょう。あの子なら、少なくとも怪物は見ないから……たとえ、本当にいてもね！」「どういう意味ですか？」娘はおずおずとたずねた。「奥様は、本気で怪物がいるかもしれないとお考えなのですか？」「私が？　まさか！」そう言って、夫人はようやく笑った。それからフライラバー嬢は、自ら進んで自分を笑いや冷やかしの対象にしようとしたので、ことはすっかり笑い話に変わってしまった。そして寝る時間が訪れるまで、家族全員が彼女をからかい、冷やかしつづけた。怪物のこと、年寄り医者のヴェロリーニ先生の釣り道具のこと、そのヴェロリーニ先生は喘息を患って以来家に引きこもっていること、ひょっとしたら先生は怪しげな魔術か何かを実践しているのではないかということ、ギッタが震え上がったこと、エンリーコが確かめに行ったこと、マンションの住人の間でうわさになったこと。こうした事柄がことさら何度も話題になり、話がすぐにこんがらがったりしながら、家族全員が面白おかしくコメントし合った。そうこうするうちに、しまいにはギッタ嬢も、心地よい温かな気分に包まれているような感じがした。

　けれども人は、夜ひとりきりになると、心の中にある考えがふたたび浮かんできて、その考えはほかのあらゆることを覆いつくしながら膨れ上がっていくことがある。笑い声が消え、家中が寝静まり、月が丸屋根や密やかな瓦(かわら)屋根の上に昇り、恋人たちの影が公園の闇に溶け込み、病院で入院患者の体の痛みがぶり返し、郊外の暗渠(あんきょ)の天井にぶら下がっていた夜の鳥たちが飛び立ち、ときおり電車の警笛が聞こえ、謎めいた呼び声に長い道路の沈黙が答え、眠れぬ者たちがその人生に思いを馳(は)せるとき、ベッドに座った二十八歳のギッタ・フライラバー嬢は、呪われた屋根裏部屋で何かが動く音が聞こえないか、耳を澄ましている。ギッタは、これまでの人生の中で数多(あまた)の誘惑をりっぱにはねのけてきた勇気ある娘だったが、もう一度屋根裏部屋に上って確かめたいという誘惑だけは、打ち負かすことができなかった。その思いは、ひとりになったことに気づくやいなや、不意に彼女を攻め立ててきた。明日や明後日ではなく、夜が明けるまえに、いますぐに行かなければ。そうしないと、一睡もできないことを彼女はよくわかっていた。そして、その誘惑は非常に大きかったにちがいない。なぜなら、みなが寝静まったことを確信すると、自分を危険にさらすことは十分承知のうえで、たったひとりで、部屋着を着たまま部屋から抜け出し、手に燭台を持って、一歩一歩、裏階段を上っていったからである。緊張する状況で、遮るもののない大窓から差し込んで、階段をつなぐ渡り廊下をロマンチックに照らしている幾何学的な月明かりが、彼女に大きな安らぎを与えてくれた。なぜなら、きっといまこの瞬間、同じ月によって照らされている、田舎の家々の古い壁や、静かな牧草地や、干し草の香りや、コオロギのかぼそい鳴き声を思い浮かべることができたからである。それは、子どものころの懐かしい思い出を呼び起こした。

もし怪物が本当にいたら？　エンリーコが嘘をついていたら？　もし、恐怖を抑えられなかったら？　『バカな。怪物なんているはずがないわ』フライラバー嬢は自分に言い聞かせた。それでも、見なくては。自分の目で確かめなければ。明日の朝までは待てない。こうして彼女は、音を立てないように注意しながら、一歩一歩階段を上っていった。辺りは静まり返っていた。何千人もの人々が深い眠りに就き、子どもたちが安らかな寝息を立てている、六月の穏やかな夜だった。万一、ゴッジ夫人に見つかったら？　もし、夜中の二時に出歩いていたことに気づかれたら？　どんな言い訳が立つだろう？　このとき、扉に取り付けられた琺瑯（ほうろう）引きの表札が目に入った。ブロッツェージという名前が書かれてあった。一番上の階まで来たのだ。階段はますます急で狭くなっていた。

　さあ、最後の踊り場だ。結局、何の支障もなくここまで来られた。しばらく耳を澄ました。静かだった。ゆっくりと右手を掛け金のつまみに持っていった。ロウソクの炎がわずかに揺れた。一台の車が通りを走り抜け、遠ざかっていった。だしぬけに彼女は掛け金を外した。さいわい、大きな音はしなかった。それから、意を決して扉を押した。

　扉は開かなかった。数センチばかり動いたかと思うと、ガチャッという音がしてそれ以上動かなくなった。娘はどきりとして、体をこわばらせた。心臓がドキドキしていた。扉の向こうに誰かいるのかしら？　やがて、最初は見落としていたが、扉と側柱のそれぞれに輪金具があって、それに南京錠を取り付けた鎖が繋（つな）がれていた。そのせいで開かなかったのだ。

　ギッタは、驚いて身を引いた。誰が物置部屋に鍵を掛けたのかしら？　これまでは自由に開けられたのに、どうしてよりにもよって今夜？　誰が命じたの？　いったいなぜ、わざわざこんなことを？　ひょっとして中に？……だが、扉の向こうは静かだった。不気味なほど静かだった。

　ギッタはふたたび階段を降りて、誰にも気づかれずに部屋にもどった。家の中は寝静まっていた。誰が扉を開けられないようにしたのかしら？　いや、もしかしたら驚くようなことではないのかもしれない。たぶんエンリーコは、前々から扉に鍵を掛けておくように指示されていたのだ。ただ、彼は屋根裏部屋にはめったに足を運ばないし、女たちもふだん鍵を掛け忘れていたのだ。それに、二つの円い輪は前からあって、南京錠を取り付けた鎖だって側柱に下がっていて、ただ彼女が全然気づかなかっただけなのだ。怪物騒動の話を耳にしたゴッジ夫人が、フライラバー嬢があそこにもどって取り乱したりしないように、すぐに指示を出したとも考えられる。女主人とはそういうものだ。使用人が何か馬鹿なことでもすれば、すぐに不安になるのだ。それとも夫人は、ギッタがさらに動揺しないように、よかれと思ってやったのかもしれない。釣り道具のことが心配になったヴェロリーニ医師がそうしたのかもしれない。うわさ話を耳にしたのかもしれないし。ともかく鍵は、住人たちが使えるように、管理人室にあるはずだ。明日になったら……。

でも、別の見方も、別の可能性もありうる、とギッタは思った。扉が閉まっていたのは、誰かがあのおぞましいものを隠そうとしているからだという可能性も。だとすれば、あの怪物は、人々がはっと目を向けるような侵入者ではなく、密かな共犯関係によって守られ、細心の注意を払って隠されてきた暗い秘密なのだ。では、なぜエンリーコは嘘をついたのか？　彼は前々から事情に通じていたと考えなければならない。だからこそ、彼は自分で屋根裏部屋に上ったのだ。でも、あんなりっぱな人が？　いったい、誰のためにそうしたのだろう？たとえ、そうだとしても、扉に鍵を掛けることに、どんな意味があるのだろう？　それに、動揺した様子がまったくなかったのはなぜだろう？　秘密が危険にさらされていることを知ったら、怯（おび）えるはずなのに。それどころか、まったくいつもと変わらず、ほがらかで愛想がよかった。それとも、ああいう単純な人だから、本当にただの袋だと思ったのか？　あの汚らわしいものを守っているのは、ほかの人々なのだろうか？

もうたくさん。迷宮に迷い込むような気がして、ギッタは心の中でつぶやいた。結局、私に何の関係があるの？　人食い鬼かドラゴンが自分を取って食おうとしているわけでもない。誰かが汚らわしいものを隠そうとしているのなら、勝手にすればいい。それでも娘は、マンション全体が毒されているように感じていた。怪物がいるかもしれないという疑いだけで、もうこの家で暮らしつづけることなんてできない。それなら、ここを出ていけば？　でも、どこへ？　結局は自分にとてもよくしてくれるゴッジ家や、いまではすっかり愛着を抱いている三人の子どもたちと別れるのか？　それに、ほかの場所なら、安心できるのか？　ひょっとしたら、ほかの家やほかの町にも、あのような恐ろしいものが潜んでいるやもしれない。

よくあることだが、朝になると、こうした諸々の心配は、嘘のように消え失せた。不安にかられたことや、夜中に出かけたこと、真相を明らかにし、この家を出ていこうとしたことなど、どれもまったく馬鹿げたことに思えた。よろい戸から差し込む光が、もう二度と得られないと思われた心の落ち着きを取りもどさせてくれたのだった。

それでも、上の二人の子どもを連れて散歩に出かけたとき、ついでに思い出したというふうに、また古紙を持っていきたいので物置部屋の鍵を貸してくれるように頼んだ。すると管理人の女は——それまでは物置の扉に鍵など掛かっていなかったのに、その求めに驚くどころか——鍵はどこにあるのかわからない、たぶん夫が持っているはずだが、いまは外出している、ひょっとすると住人の誰かが一時的に預かっているのかもしれない、と答えた。そして、その説明は、前の晩に想像を巡らせたことと奇妙に一致していたので、ギッタの心の中でふたたび不安が頭をもたげることになった。推測を裏付けるような証拠は何もなかったが、何らかの口実をつけて、自分に物置の鍵を渡すことを拒もうとしているように感じた。自分は昨日、偶然にも人々に警戒心を抱かせるようなことをしてしまい、その結果、いろんな所でさまざまな力が動きだして、騒ぎをもみ消し、すべては感受性が鋭くて神経質な娘の空想から生じたことにして、笑い話で終わらせようとしているのではないかと思えてきた。私に対して綿密な陰謀が張り巡らされようとしているのだ。いまのところは大目に見て、穏便に取り計らおうとするだろう。だが、それでも私が真実を知ることにこだわるなら、こんどは敵意をむき出しにして、懲らしめてやろうとするかもしれない。

怪物なんて幻にすぎない、と考えるほうがはるかにたやすかった。エンリーコは嘘などついていなくて、鍵を掛けたのも、それが規則だからで、鍵はいまエンリーコ自身か、住民の誰かが持っていて、怪しいことは何もなかったのだ、と考えるほうが。ところが、どういうわけか、ギッタ・フライラバーは疑惑を追及することに頑なにこだわった。何でもないことをことごとく不穏な兆候ととらえ、恐ろしい陰謀の存在を思い描いた。さらに、彼女の誇りがあきらめないように励ました。誰かに話せるものなら、話しただろう。でも、誰に？　婚約者のステーファノは遠くにいた。聴罪司祭のドン・アンジェロは？　無駄だ。信じてはもらえないだろう。ゴッジ夫人は？　もっとも可能性の低い相手だ。フライラバー嬢は、上流社会の婦人というものを、彼女たちがちょっとしたことでもすぐに警戒心を抱くことを十分すぎるほど知っていた。

さて、二人の子どもを連れて家に帰ろうとしていたギッタは、門の二十メートルほど手前で、管理人の父親のジェローラモ氏にばったり出会った。陽気な性格の老人で、いつも暇を持て余していて、そのせいもあって、おしゃべり好きだった。ちょうどそのとき、彼は管理人室から出てきたところだった。そしてフライラバー嬢を見つけると、いかにもうれしそうな顔をした。

「やあやあ、お嬢さん」大声を上げながら、彼女のほうに近づいてきた。「何も言わなくてけっこう。ジーナから話は聞いていますから……いったいどんな物を見られたんでしょうね、お嬢さん?」と言うと、訳知り顔でおおげさにウインクしてみせた。それから、馴れ馴れしさと仲間意識の入り混じったような調子で、耳元でささやいた。「じつは、あなたが最初ではないんですよ!」まったく他意のないように思える、この打ち明け話に、フライラバー嬢は、最初は不快に思いながら、彼のほうに顔を向けた。「まあまあ」彼はあいかわらず陽気な口調で言った。「そんな目で見ないでください」そして、愉快な笑い話でもするように、説明をはじめた。七年前、管理人がまだジーナの父親、つまりジェローラモ氏だった頃のある日、建物の前のオーナーが、死人のような真っ青な顔で屋根裏部屋から下りてきた。何があったのかたずねても、曖昧な答えしか返ってこなかった。そして、その日の晩のうちに、オーナーは建物を売る意思を顧問会計士に伝えたのだった。そのせいで、そのあとしばらくは、きっと家主は幽霊でも見て家を売却することにしたのだとか、そんなうわさが流れたという。

そのときフライラバー嬢は、老人の話にショックを受けたものの、何でもないふりをするのが得策だと思った。だから、その話を馬鹿げた冗談か何かのように受け流すと、「子どもたちがいるので」と言って、老人と別れた。マンションにもどっても、ふたたび鍵を貸してくれるように頼むことはあきらめた（彼女と顔を合わせても、管理人がもうその件を話題にしなかったことも、やはり暗示的に思われた）。だが、その日のうちに彼女は、警察署に匿名の手紙を送るというすばらしいアイデアを思い付いた。次のような手紙だった。「ライモンディ通り三十八番にあるマンションの屋根裏部屋をのぞかれることをお勧めいたします（右手の通路側のではなく、階段を上ってすぐそばの扉です）。おそらくとても奇妙なものを発見されるでしょう。友人より」

けれども、その手紙を投函したあとで、まずいことをしてしまったと思った。もし警察が動かなかった場合、もはや自ら警察にこの件を通報することはできなくなるだろう。そんなことをすれば、手紙の主は自分だとばれてしまうからだ。それに、困ったことになるかもしれない。ゴッジ夫人が、この娘は頭がおかしいのだと考えて、家主や管理人夫婦やほかの住人たちの目を気にすることもなく、首にしてしまう可能性だって十分にあった。警察の訪問は、誰にとっても愉快なことではないのだ。

ところが、警察は一向にやって来ず、ただ日々が過ぎていった。ゴッジ家でも管理人室でもいまでは誰も――まるで示し合わせたかのように――屋根裏部屋の怪物のことに触れなくなっていた。そして、それもフライラバー嬢の不安を募らせることになった。今では、夜、眠ることも難しかった。いろいろ考えてみても、屋根裏部屋の悪夢の存在を否定するのに十分ではなかった。最初にあれを目にしたときのショックで混乱し曖昧になっていた記憶がいまやまざまざと蘇った。あの異様な体を、その周辺部も、皺も、吐き気がしそうな色も、込み入った細部にいたるまで完璧に思い出し、幻覚だったのかもしれないという疑念は消えてなくなった。家のてっぺんに耐えがたいほどの重しがのしかかっているように思えた。夜になると、それが天井を突き抜けて自分を押えつけるのを感じた。ほかの人々は、あれの存在を知っているにせよ知らないにせよ、安らかに眠っているというのに。

　やがて半月が過ぎ、もう疑いを抱かれることはないと考えた彼女は、ふたたび物置部屋の鍵を貸してくれるように頼んだ。ところが管理人の女の返事は、住人はもうあの部屋を使えない、というものだった。ある会社が倉庫として利用しているというのだ。中にあった物はすべて夫の手でほかの屋根裏部屋に移され、扉には南京錠が取り付けられているという。

「そんなはずはありません」フライラバー嬢は、笑いの下に不安を隠しながら、大きな声を上げた。「私が怖い思いをしたあの日を憶えていますか？　あのときは開いていました。でも、その夜にはもう鍵が掛かっていました……」（そう言ってからすぐに、迂闊なことを口にしたと思って悔やんだ）はたして、ジーナは驚いたようすで彼女の顔を見た。

　と、そこへ、隣の部屋から夫が入ってきた。「ねえ、エンリーコ」管理人の女は彼に声をかけた。「このお嬢さんが屋根裏部屋で怖い思いをした日を憶えてる？　その日の夜には鍵が掛かっていたとおっしゃるのよ。あんた、憶えてる？」「その日に鍵が？」エンリーコはいつもと変わらぬ朗らかさで言った。「でも、どうしてそれを知っているんです、お嬢さん？　暗くなってから、おれが見に行ったのを憶えていませんか？　いやいや、勘違いされているんですよ……もう正確には思い出せないけど、たしかその翌日か、二日後か、もうちょっとあとに、あの物置部屋は空にするように言われたんだ……。でも、お嬢さん、どうしてまた？　何かゴッジ家の物が無くなったんですか？……それとも上に行って、例の怪物を一目見たいというんですか？」だが、この彼の笑いは本当に心からのものなのだろうか？

「お嬢さん、ひょっとして何か大事なものでも置いてあったんですか？」エンリーコは重ねてたずねた。

「いいえ、何も。ただきいてみただけですわ」ギッタは、元気をとりもどして答えた。やっぱり、管理人の夫婦は少し動揺している。おそらく私の疑念を理解したのだ。そして、恐れてもいる。いったい、誰に代って動いているのだろう？　誰のために、屋根裏部屋に行ったりあそこを調べたりできないように懸命になっているのだろう？　それに、なぜエンリーコは曖昧な表情になったのだろう？　どうしてもう冗談めかさないの？　いまや、ギッタは笑っていた。時計を見た。「大変。遅刻だわ。じゃあ、また」そして、世界中が自分の敵になったように感じた。愚かで無神経な自分の、世界の秘密を偶然発見して、それを黙っていられない自分の敵に。

訳者あとがき

ブッツァーティの初期・中期の短篇作品を集めた『魔法にかかった男』、中・後期に書かれた短篇からなる『現代の地獄への旅』に続く本書『怪物』では、初期から後期に至る期間に刊行された短篇集から十八の作品を選んだ。原書で言うと、『七人の使者』（*I sette messaggeri*, 1942）、『スカラ座の恐怖』（*Paura alla Scala*, 1949）、『バリヴェルナ荘の崩壊』（*Il crollo della Baliverna*, 1954）、『六十物語』（*Sessanta racconti*, 1958）、『コロンブレ　ほか五十の物語』（*Il colombre e altri cinquanta racconti*, 1966, 以下『コロンブレ』と略す）の四つの短篇集に収められている作品からなっている。

本書を含めて三冊分の短篇群を訳し終えて感じるのは、書かれた時点から半世紀以上が経っている今もなお、ブッツァーティの作品はけっして色あせていないし、古びてもいない、むしろ今の時代を生きる読者にこそ訴えるものがあるのではないかということである。彼の作品には、人間存在を規定する時間、愛の苦悩といった時代を越えた普遍的なテーマを扱ったものがある一方で、国家や社会と個人との関係、科学技術の光と影、大災厄、暴力や弱者への虐待、世代間の対立など、日々ニュースで取り上げられる話題に通じるような、まさに今日的なテーマをはらんだものが少なくない。彼が好んで描く恐怖や不安、あるいは未知なるものへの憧憬も、現代人が抱える孤独や閉塞感、真のコミュニケーションや相互理解の難しさ、近代の合理的な世界観の行き詰まりといったものと無縁ではないだろう。なぜなら、幻想小説や寓話の形を借りてはいるが、その作品世界の基盤や着想のヒントとなっているのは、作者がインタビューの中などで折々に語っているように、作者自身の体験であり、周囲の現実世界で生起するさまざまな出来事だからである。そう考えると、ブッツァーティの作品世界の本質を理解するうえで、彼が小説家である前に、日々時事的な問題の報道に携わっていたジャーナリストであった事実がけっして無視できない重要性を帯びてくるように思える。

デビューから晩年まで、その創作活動を通して眺めると、ブッツァーティは、作中で同じテーマやモチーフをくり返し扱っているのがわかる。にもかかわらず、個々の作品がひとつひとつ鮮やかな印象を残すのは、毎回意表をつく設定に加え、画家でもあった作者らしい視覚的なイメージに富んだ描写力に依るところが大きいように思う。

では、収録作品について、以下に簡単にコメントしておく。

「もったいぶった男」（『七人の使者』所収）

作者は一九三九年から一年間、特派員としてアフリカ（当時イタリアは東アフリカに植民地を持っていた）に滞在しているが、第一短篇集『七人の使者』には、その体験から生まれたアフリカを舞台にした作品が複数収められており、この短篇もそのひとつ。〈死〉は古来旅立ちに喩えられるが、そうした普遍的なアレゴリーに、謎めいた「任務」のイメージが重ねられ、未知なる目的地が砂漠の彼方に設定されているところがいかにもブッツァーティらしい。

「天下無敵」（『六十物語』所収）

ブッツァーティには、ある出来事によって世界の在り方が根本的に変容してしまうさまを描く物語がよく見られる。たったひとつの発明が人類の歴史を決定的に変えてしまうというこのお話は、世界中の権力者が次々と心臓麻痺に見舞われて亡くなっていったことをきっかけに、地上に蔓延していたあらゆる争いや憎悪が下火になり、平和が確立されるさまを描いた短篇「一九八〇年の教訓」にも通じるところがある。

「エッフェル塔」（『コロンブレ』所収）

近代建築の金字塔たるエッフェル塔の建設秘話も、ブッツァーティの手にかかると、現代のバベルの塔の建設にまつわる壮大なほら話になってしまう。この物語では、未知なる高みを目指して上昇し続ける語り手たちの冒険は結局頓挫してしまうが、登場人物が果てしない目的地をめざして直線的な移動を続けるという状況は、水平と垂直の方向の違いはあるものの、「七人の使者」や「道路開通式」などの物語世界の構図とも共通する。

「テディーボーイズ」（『コロンブレ』所収）

テディーボーイとは、一九五〇年代のロンドンに登場した、エドワード七世時代（一九〇〇年代初頭）風の服を着た反抗的な若者のこと。短篇集『コロンブレ』には〈変身〉のモチーフを扱った作品が多く、これもその系譜に連なると言えるが、この短篇では最後の場面のシュールなイメージが際立っている。弱者や虐げられた者（あるいは動物）が追い詰められた状況で怪物的な変貌を遂げたり、恐るべき力を発揮したりするというのは、おなじみのパターンではある。なお、シチュエーションは若干異なるが、『絵物語』（東宣出版刊）に収められた絵とテクストからなる作品「夜の決闘」にも、蜘蛛のように八本の手足をした人物が描かれている。おそらく、どちらも同じ視覚的イメージから生まれたのだろう。興味のある読者は、ぜひこちらの別バージョンのお話も参照していただきたい。

「一九五八年三月二十四日」（『バリヴェルナ荘の崩壊』所収、『六十物語』再録）

この作品も、「天下無敵」と同じように、ある出来事がきっかけとなって、世界の在り方と人類の歴史が劇的に変わってしまうという物語。現実の歴史では五七年にソ連が世界初の人工衛星スプートニク一号の打ち上げに成功しているが、この作品が書かれたのはそれよりも前のことである。作者は、宇宙開発競争が本格的に始まる以前に、ある意味で悪夢のような反転した未来像をアイロニカルに提示してみせた。

「可哀そうな子！」（『コロンブレ』所収）

オチはご覧のとおりであるが、その結末は、幼い子どもが理不尽な目に遭うという点で共通する「卵」（『現代の地獄への旅』に収録）とは正反対である。作者は、小さな悲劇が回り回って取り返しもつかないような大きな悲劇を生み出す種子になりうることを仄めかしているとも取れる。実際、小さな出来事がとんでもない事態に拡大していくような、原因と結果が著しくアンバランスな物語はブッツァーティの得意とするところである。

「偽りの知らせ」（『七人の使者』所収）

死に向かって突き進んでいく人間の運命のメタファーとしての〈軍隊〉のモチーフ、けっして実現することのないことをむなしく待ち続ける〈待機〉のテーマなど、ブッツァーティの作品世界に特徴的な要素を含んだ初期の作品。村人たちに真実を語ることができないガスパレ村長のように、不安や恐怖や苦悩を自分ひとりで抱え込み、それを他者に伝えることのできない登場人物の孤独な状況も、彼の物語に典型的なものである。ブッツァーティの作品には、〈メッセージ〉やメッセージをもたらす〈使者〉が重要なモチーフになっている作品が少なくないが、そこでは、メッセージが本来の機能を果たすことができず、内容が受け手に理解されない、（この作品がそうであるように）真実を伝えることができない、メッセージそのものが失われてしまう、といったふうに、むしろ〈伝達不可能性〉が強調される。

「ホルム・エル＝ハガルを訪れた王」（『スカラ座の恐怖』所収、『六十物語』再録）

ブッツァーティは子どもの頃、古代エジプトの文化に深い関心を寄せていたが、そのことを想起させる作品。トート神は知恵や知識を司る神で、トキかヒヒの姿で表される。遺跡を訪れた、かつて君主だった老伯爵は、何千年もの眠りから目覚めた神が発した言葉をまともに受け止めることができず、遺跡はそれを発掘した考古学者の目の前で無情にもふたたび砂の中に埋もれていく。ここでもまた、メッセージの伝達不可能性というモチーフが顔をのぞかせている。

「ラブレター」（『六十物語』所収）

物語は一種のドタバタ劇のようにコミカルに展開するが、その底流にあるテーマは、人間の生を容赦なく破壊し、すべてを忘却の彼方に沈めて無意味なものに変えていく〈時の流れ〉である。オフィスの中で怒濤のように押し寄せる雑務に呑み込まれ、右往左往しながら身心をすり減らしていく主人公の姿は、「現代の地獄への旅」の中の「加速」の章で女悪魔たちによって責め苦を負わされる人間たちを彷彿とさせる。

「五人の兄弟」（『バリヴェルナ荘の崩壊』所収）

昔話的な雰囲気の中で語られるこの作品もまた、ブッツァーティに特徴的な〈時間〉のテーマを扱っている。彼の文学で強調されるのは、抗うことのできない不可逆的な時間の破壊的側面なのである。

「最後の血の一滴まで」（『バリヴェルナ荘の崩壊』所収）

『現代の地獄への旅』に収めた「十八番ホール」と同じように、動物への変身が、不能や疲弊といったネガティブな状況と結びついた作品例。それにしても、老将軍＝小鳥という意表を突く取り合わせは、さながらジャンニ・ロダーリの奇想天外な童話のような、シュールでナンセンスな趣がある。

「イニャッツィオ王の奇跡」（『スカラ座の恐怖』所収）

奇跡を語る物語というと、中世の聖人伝などが思い浮かぶが、この作品では、奇跡を起こす主体は宗教とはまったく関係のない世俗的な人物。病院で手術を受けた王は不思議な影響力を周囲に及ぼすが、それが病人にとっては救いである一方で、健康な者にとっては耐えられないほど禍々しく感じられるという設定がユニークである。短篇「マント」にも死神が登場するが、この作品では、若く美しい修道女の姿をしている点で鮮やかな印象を残す。

「挑発者」（『バリヴェルナ荘の崩壊』所収）

集団的な暴力やリンチを描いた短篇には、本作の他にも、「待っていたのは」がある。どちらの作品においても、人々の敵意と憎悪の対象となる人間がよそ者や異邦人である点が示唆的であろう。作者は、イブ・パナフィウとの対話の中で、「現代人によく見られる、無防備で弱い人間を攻撃する群衆の集団感情は、もっとも卑劣なことのひとつです」と語ったうえで、リンチに対する強い嫌悪感を次のように述べている。「では、なぜリンチというものが忌まわしいのでしょうか？　それは何より、リンチが行われるとき、人はもっとも卑しい欲求をぶちまけるからです。それは隣人への憎悪です。リンチは処罰されないという意識の下で行われます……それだけではありません。そこには自分が正義を代弁しているという幻想もあります！……卑劣きわまりないことです。リンチだけではなく、あらゆる人種差別による迫害においても同じことです……」作者の言葉も物語も、今日の現実世界やネット上で起きている現象を想起させ、まさに現在の我々に向けられているような気がしてくる。

「二人の正真正銘の紳士——そのうちのひとりは非業の死を遂げた——への有益な助言」（『スカラ座の恐怖』所収、『六十物語』再録）

真冬の怪談のような趣のある幽霊譚であり、かつ、謎を秘めながら展開する一種の復讐劇。だが、不気味さの中にも皮肉っぽい笑いが響いているし、あの世の住人である教授とその甥、そして主人公のあいだで交わされるやりとりはどこかコミカルでもある。死者が生者のもとにもどってくる話としては、「友だち」という短篇もある。

「密告者」（『バリヴェルナ荘の崩壊』所収）

ブッツァーティの作品は基本的に登場人物が置かれた状況を描くことに重きが置かれているせいか、人物の描き方が皮相的と批評されることもあるが、諸作品を仔細に見ていくと、作者は鋭い人間観察の目を備え、心理分析にも長けていることがわかる。古代ローマを舞台にしたこの作品も、人間が陥りがちな心理的罠を巧みに絡めているところがみそである。

「夕べの小話」（『コロンブレ』所収）

ブッツァーティは数多くの掌篇小説も残しているが、これは六つの掌篇をひとつにまとめた作品。後期に書かれたものであるせいか、アイロニーとともに老いの意識やペシミスティックな諦念のようなものが顔をのぞかせている。

「流行り病」（『バリヴェルナ荘の崩壊』所収）

国家による度を越した市民の監視や統制という一種のディストピア的状況が描かれているが、物語は二人の登場人物のやりとりを軸にコミカルに展開する。ブッツァーティには「七階」、「Lで始まるもの」、「自動車のペスト」、「象皮病」など病気を扱った短篇が少なくない。それは、病気そのものが人間の恐怖心と結びついたモチーフであることに加えて、病気をめぐる個人や集団の心理や振る舞いがアレゴリーやアイロニーの格好の素材となるからであろう。

「怪物」（『スカラ座の恐怖』所収）

ブッツァーティの作品世界において〈屋根裏部屋〉は、理性が支配する日常世界に超自然的なものが侵入し、尋常ならざるものが立ち現れる場であるが、主人公のギッタは、その屋根裏部屋で、この世のものとは思われない、見るもおぞましい生き物に遭遇する。やがて一連の不可解な偶然の一致から、彼女には、得体のしれない怪物の存在は、口にはされないものの、じつはみなが暗黙に了解している事実であるらしく思えてくる。はたして彼女の想像どおりなのか、それとも、すべては彼女の無意識が見させた幻覚と思い込みにすぎないのか？　物語には、『幻想文学論序説』を著したトドロフの言うところの「ためらい」のような解釈の余地が残されているようにも思える。あるいはまた、ここでいう〈怪物〉とは無意識の領域に抑圧されている何か、表沙汰にすることが憚られ隠匿されている何かを象徴している、というような寓意的な解釈ももちろん可能であろう。「ほかの家やほかの町にも」密かに息づいているかもしれない〈怪物〉とは、すべての人間の心の深奥や社会の影の領域に照応するものであり、それは普段は日常の意識から忘れられ、人々の目から隠蔽されていると同時に、いつかは暴かれる運命にもある。幻想小説と寓話のあわいに成り立つ、いかにもブッツァーティらしい作品である（ところで原書では、主人公の名前が途中からマリーアに変わっている。ミドルネームという設定なのかもしれないが、読者の混乱を招きかねないので、拙訳ではギッタに統一した）。

未訳の作品を中心に編んだブッツァーティのオリジナル短篇集も本書で三冊目になる。足掛け三年で、当初の計画を無事に完遂できたことを嬉しく思っている。とはいえ、ブッツァーティには未訳の作品がまだ数多く残っており、短篇作品だけ取ってもあと何冊ものアンソロジーを編むことができる。紹介者としての務めも道半ばという思いであるし、新たな企画の腹案がないわけでもない。読者の支持と要望があれば、それも実現することだろう。だがひとまずは、ここまでお付き合い頂いた読者の皆さんに深く感謝したい。

二〇一九年　秋

長野徹

本作品中には、今日の観点からみると差別的ととられかねない表現が散見しますが、作品自体の持つ文学性および歴史的背景に鑑み、使用しているものです。差別の助長を意図するものではないことをご理解ください。（編集部）

［訳者紹介］

1962年、山口県生まれ。東京大学文学部卒業。同大学院修了。イタリア政府給費留学生としてパドヴァ大学に留学。イタリア文学研究者・翻訳家。児童文学、幻想文学、民話などに関心を寄せる。訳書に、ストラパローラ『愉しき夜』、ブッツァーティ『古森の秘密』『絵物語』、ピウミーニ『逃げてゆく水平線』『ケンタウロスのポロス』、ピッツォルノ『ポリッセーナの冒険』、ソリナス・ドンギ『ジュリエッタ荘の幽霊』など。

ブッツァーティ短篇集Ⅲ

怪物

2020年1月10日　第1刷発行
2023年1月30日　第2刷発行

著者
ディーノ・ブッツァーティ

訳者
長野徹（ながのとおる）

発行者
田邊紀美恵

発行所
有限会社東宣出版
東京都千代田区神田神保町2－44　郵便番号101－0051
電話（03）3263－0997

ブックデザイン
塙浩孝（ハナワアンドサンズ）

印刷所
株式会社エーヴィスシステムズ

乱丁・落丁本は、小社までご送付ください。
送料小社負担にてお取り替えいたします。

ISBN978-4-88588-100-8　C0097

ブッツァーティ短篇集 I

魔法にかかった男

ディーノ・ブッツァーティ

長野徹訳

誰からも顧みられることのない孤独な人生を送った男が亡くなったとき、町は突如として夢幻的な祝祭の場に変貌し、彼は一転して世界の主役になる「勝利」、一匹の奇妙な動物が引き起こす破滅的な事態「あるペットの恐るべき復讐」、謎めいた男に一生を通じて追いかけられる「個人的な付き添い」、美味しそうな不思議な匂いを放つリンゴに翻弄される画家の姿を描く「屋根裏部屋」……。現実と幻想が奇妙に入り混じった物語から、寓話風の物語、あるいはアイロニーやユーモアに味付けられたお話まで、バラエティに富んだ20篇。

四六判変形・269頁・定価2200円+税

ブッツァーティ短篇集 II

現代の地獄への旅

ディーノ・ブッツァーティ

長野徹訳

ミラノ地下鉄の工事現場で見つかった地獄への扉。地獄界の調査に訪れたジャーナリストが見たものは、一見すると現実のミラノとなんら変わらないような町だったが……。美しくサディスティックな女悪魔が案内役をつとめ、ジャーナリストでもあるブッツァーティ自身が語り手兼主人公となる「現代の地獄への旅」、神々しい静寂と詩情に満ちた夜の庭でくり広げられる生き物たちの死の狂宴「甘美な夜」、小悪魔的な若い娘への愛の虜になった中年男の哀しく恐ろしい運命を描いた「キルケー」など、日常世界の裂け目から立ち現れる幻想領域へ読者をいざなう15篇。

四六判変形・251頁・定価2200円+税

古森の秘密

ディーノ・ブッツァーティ

長野徹訳

精霊が息づき、生命があふれる神秘の〈古森〉。森の新しい所有者になり、木々の伐採を企てる退役軍人プローコロ大佐は、人間の姿を借りて森を守ってきた精霊ベルナルディの妨害を排除すべく、洞窟に閉じ込められていた暴風マッテーオを解き放つ。やがてプローコロは、遺産を独り占めするために甥のベンヴェヌート少年を亡き者にしようとするが……。聖なる森を舞台に、生と魂の変容のドラマを詩情とユーモアを湛えた文体でシンボリックに描いたブッツァーティの傑作ファンタジー。

四六判変形・２２９頁・定価１９００円＋税

はじめて出逢う世界のおはなしシリーズ

1937-1970
蛇口　オカンポ短篇選
シルビナ・オカンポ
松本健二訳

カナダ編
十五匹の犬
アンドレ・アレクシス
金原瑞人／田中亜希子訳

1910-1946
パストラル　ラミュ短篇選
C・F・ラミュ
笠間直穂子訳

1948
より大きな希望
イルゼ・アイヒンガー
小林和貴子訳

キューバ編
バイクとユニコーン
ジョシュ
見田悠子訳

イタリア編
逃げてゆく水平線
ロベルト・ピウミーニ
長野徹訳

ロシア編
いろいろのはなし
グリゴリー・オステル
毛利公美訳

フィンランド編
スフィンクスか、ロボットか
レーナ・クルーン
末延弘子訳

1957-1967
小鳥たち　マトゥーテ短篇選
アナ・マリア・マトゥーテ
宇野和美訳

アメリカ編
ブラック・トムのバラード
ヴィクター・ラヴァル
藤井光訳

オーストリア編
キオスク
ローベルト・ゼーターラー
酒寄進一訳

1935
古森の秘密
ディーノ・ブッツァーティ
長野徹訳

スペイン編
グルブ消息不明
エドゥアルド・メンドサ
柳原孝敦訳

アルゼンチン編
口のなかの小鳥たち
サマンタ・シュウェブリン
松本健二訳

チェコ編
夜な夜な天使は舞い降りる
パヴェル・ブリッチ
阿部賢一訳